Uwe Goeritz

Kaperfahrt gegen die Hanse

Bibliografische Information der Deutschen Nationalbibliothek:

Die Deutsche Nationalbibliothek verzeichnet diese Publikation in der Deutschen Nationalbibliografie; detaillierte bibliografische Daten sind im Internet über http://dnb.dnb.de abrufbar.

© 2015 Uwe Goeritz

Coverbild: Uwe Goeritz / Jana Goeritz

Herstellung und Verlag: BoD – Books on Demand, Norderstedt

ISBN: 978-3-7386-2392-5

Inhaltsverzeichnis

Kaperfahrt gegen die Hanse 7
   Im Schein des Feuers 8
   Ein braunes Segel 12
   Der Gasthof an der Mole 16
   Ein stürmischer Tag 20
   Maria 24
   Aufruhr 28
   Mutige Männer 32
   Die Kogge 36
   Ein kühner Plan 40
   Große Beute 44
   Gerechte Verteilung 48
   Eine Falle? 52
   Noch eine Kogge 56
   Der Zorn der Hanse 60
   Wer ist schneller? 64
   Nachts im Sturm 68
   Schiffbruch 72
   Und wieder Not? 76
   Ein Hinterhalt 80
   Zu Fuß oder zur See? 84
   Flucht von der Insel 88
   Am Ende der Kräfte 92
   An einem fernen Ufer 96

Ein neuer Gasthof 100

Kaperfahrt gegen die Hanse

Norddeutschland, Ende des 12 Jahrhunderts. Diese Geschichte handelt von 1160 bis 1200, zu Beginn der Hanse, in einem kleinen Dorf an den Ufern der Ostsee. Eine kleine Gruppe von Fischern beginnt einen Kampf gegen die Übermächtig erscheinende Verbindung zwischen Kaufleuten der Hanse und den lokalen Fürsten. Immer schlimmer werden sie ausgepresst, damit ihr Fürst Handel treiben kann.

Unter Ausnutzung des Aberglaubens der Seemänner gelingt es ihnen, einen Teil des erpressten Eigentums zurück zu holen und unter der Bevölkerung zu verteilen. Wie lange können sie aber der übermächtigen Allianz und der Macht des neuen Städtebundes widerstehen?

Sie sind keine Heiligen und keine Helden, sondern einfache Männer mit Mut und Entschlossenheit. Kann ihre Aufgabe ein Erfolg werden oder scheitern sie an den Umständen der Zeit? Die handelnden Figuren sind zu großen Teilen frei erfunden, aber die historischen Bezüge sind durch archäologische Ausgrabungen, Dokumente, Sagen und Überlieferungen belegt.

1. Kapitel

Im Schein des Feuers

Die junge Frau stand am Fenster des Burgturms und schaute zu den vielen fremden Kämpfern auf der anderen Seite des Burggrabens herunter. So viele sächsische Banner waren da unten zu sehen und unter einem davon kämpfte ihr Liebster gegen diese, ihrem Vater gehörende, slawische Burg. Sie hatte ihn in den letzten Tagen oft bei den Friedensverhandlungen gesehen und ein paar Mal sogar mit ihm sprechen können, aber sie wusste, dass diese Verhandlungen zu nichts führen konnten. Ihr Vater war da viel zu verbissen und er versuchte Zeit zu gewinnen. Die Bevölkerung der Umgebung, die in der Burg Schutz gesucht hatte, litt unter der langen Belagerung. Es war das Jahr 1160 und in dieser Nacht würde sich ihr Schicksal erfüllen. Auf die eine oder andere Art.

Sie schaute auf ihre Tochter, die sie erst vor ein paar Wochen heimlich hier in ihrem Zimmer geboren hatte und von der niemand etwas wissen durfte. Nur Olga, ihre Dienerin, wusste es, aber auf die konnte sie sich blind verlassen. Sie hatte ihr auch bei der Geburt geholfen. Swetlana, so hieß die junge Frau, nahm ihre Tochter aus dem Bett und hielt sie so, dass sie beide auf die Fahnen hinunter schauen konnten. Sie sagte "Maria, dort unten ist dein Vater. Ich habe einen Entschluss gefasst, der mir vermutlich das Leben kosten wird, aber vielen anderen das Leben retten kann." sie drehte sich zur Tür und rief ihre Dienerin herein.

Olga war eine kleine dickliche Frau mit langen dunklen Haaren, die sie zu einem kräftigen Zopf zusammen gebunden hatte. Sie war kaum älter als Swetlana und beide verstanden sich gut. Swetlana packte das Kind in eine Decke, dann nahm sie ihre goldene Kette mit dem Anhänger ab und legte sie zu dem eingepackten Kind. Sie übergab Olga das Kind und sagte zu ihr "Gehe zu Nikolai an die Anlegestelle. Er bringt euch Beide auf die andere Seite des Sees, in den Wald. Versteckt euch dort. Wenn mein Plan scheitert so wird die Burg morgen niederbrennen und du wirst das Feuer sehen. Dann werde ich tot sein und ihr müsst so schnell wie möglich verschwinden. Wenn die Burg morgen Abend noch steht, so kommt zurück."

Olga nahm das Kind an sich und unter Tränen verabschiedeten sich die beiden Frauen. Swetlana strich noch einmal über die Wange ihres Kindes und dann ging sie wieder zum Fenster zurück. Olga verließ das Zimmer und stieg den Turm hinab. Sie lief schnell zu der Seite, an der die Burg an den See grenzte. Sie hatte weitere Sachen aus ihrem Zimmer geholt an dem sie unterwegs vorbei gekommen war und nun suchte sie Nikolai. Sie wagte aber nicht ihn zu rufen. Niemand sollte auf sie aufmerksam werden und fragen woher das Kind war.

Sie sah ihn an einem Tisch in der Nähe der Anlegestelle mit ein paar Fischern sitzen. Mit einem Handzeichen, das nur er sehen konnte, machte sie auf sich aufmerksam. Nikolai war genauso alt wie sie und die beiden hatten sich ineinander verliebt. Nun stand sie mit dem Kind da und wurde rot, als er auf sie zukam. Er war schon von Swetlana informiert worden und hatte seine Sachen ebenfalls gepackt. Zu dritt stiegen sie in das kleine Boot. Er verstaute die Sachen im Boot während Olga das Kind wiegte und beruhigte.

Vorsichtig und leise stießen sie vom Steg ab und Nikolai ruderte sie über den See. Obwohl es fast Mittag war lag immer noch ein leichter Nebel über dem See, der ihre Flucht verbergen würde. Ganz leise ruderte er, um kein unnützes Geräusch zu machen. Er brachte sie weit genug weg, so das die sächsischen Krieger sie nicht finden konnten, aber nah genug, damit sie sehen konnten, was mit der Burg und Swetlana passieren würde.

Er schob das Boot ins Schilf und machte es gut fest. Während Olga bei dem Kind blieb, besorgte er zwei Pferde, die er an einen Baum in der Nähe band. Der Tag neigte sich langsam dem Ende zu und die Dunkelheit setzte ein. Sie waren nun schon ein paar Stunden hier. Olga und das Kind schliefen, während Nikolai Wache hielt. Feuer wollten sie nicht machen, um sich nicht zu verraten.

Nikolai saß mit dem Rücken an einem Baum gelehnt und schaute auf den See hinaus. Der Wind kräuselte die Oberfläche und der Mond spiegelte sich darin. Im nahen Schilf hörte er die Frösche quaken und wenn er nicht gewusst hätte, das auf der anderen Seeseite die sächsischen Angreifer in ihrem Feldlager waren, hätte es eine sehr schöne Sommernacht werden können. Was hatte Swetlana vor? Das hatte sie niemanden gesagt, aber sie hatte gewusst, dass es gefährlich wird, sonst hätte sie ihr Kind nicht so weit weggeschickt. Er schaute auf seine Olga, die im Schlaf zusammengesunken war, und auf das Kind in ihrem Arm. Es schlief ganz ruhig während sich ihre Mutter vermutlich gerade für den Frieden opferte.

Über ihn setzte sich ein Käuzchen in den Baum und sein Ruf konnte nichts Gutes bedeuten. Von der anderen Seeseite hörte er nun Lärm, wie von einem Kampf. Aber es war doch noch Mitten in der Nacht. Hatten die Sachsen angegriffen? Oder seine Leute? Er stand auf, um genauer zu sehen, was passieren würde, doch durch das Schilf konnte er nichts erkennen. Langsam setzte die Dämmerung ein oder war das ein Feuer von der anderen Seite des Sees? Nikolai dachte sich "Das ist beides auf einmal." Er ging zu Olga hinüber, die an einem Baum lehnte und schlief.

Nikolai legte seiner Olga die Hand auf die Schulter. Er weckte sie und zeigte ohne ein Wort auf den roten Himmel über dem See. Olga nickte und verstand. Swetlanas Plan war gescheitert und die Burg stand in Flammen. Sie betete für Swetlanas Seele und bekreuzigte sich, während Nikolai die Pferde holte und die Sachen verstaute. Er half Olga auf das Pferd und reichte ihr dann das Kind, danach setzte er sich auf das andere Pferd. Sie schauten noch einmal auf die Flammen, die sich jetzt in der Morgensonne langsam verloren und dann ritten sie durch den Wald in Richtung Norden davon.

2. Kapitel

Ein braunes Segel

Nach drei Tagen erreichten sie endlich das Ufer der See. Sie hatten kaum geschlafen und wenn sie sich eine Ruhepause genommen hatten, dann hatten sie nur kurz gerastet, um dem Kind etwas Milch aus einer Schlauchflasche zu geben sowie etwas Brot zu essen. Die sächsischen Verfolger hatten sie im Wald schon lange aus den Augen verloren, hofften sie, und nun sahen sie die Insel, auf der alle Slawen Zuflucht gefunden hatten, auf der anderen Seite des kleinen Wasserarms liegen. Wie sollten sie dort hinüber kommen?

Die Verfolger würden bestimmt schon am nächsten Tag diesen Platz hier erreichen. Olga hatte das Kind in ein Tuch eingewickelt und trug es so vor der Brust, damit sie beide Hände zum reiten frei hatte. Nikolai half seiner Olga beim absteigen und nachdem er ihre Sachen abgeladen hatte ließ er die Pferde frei. Diese würden sie nun nicht mehr brauchen und mitnehmen konnten sie die Pferde über die See ohnehin nicht.

Am Strand schauten sie nach ob ein Boot noch übrig geblieben war, aber das einzige, das dort noch lag, hatte ein großes Loch in der Seite und würde bereits nach wenigen Metern auf der See gesunken sein. Daher war es auch zurückgelassen oder absichtlich beschädigt worden. Sie wendeten sich dem Dorf zu, in dem aber keine Menschenseele mehr lebte. Die Türen standen offen und überall lag, nach einer überstürzten Flucht, Hausrat umher.

Vermutlich waren die Verfolger schon einmal hier gewesen oder die hier lebenden Dorfbewohner hatten sich schon vorsorglich auf die

Insel gerettet. Nur die Kühe und Esel liefen durch das Dorf, sie waren für die Boote zu groß gewesen und waren deshalb freigelassen und in den Wald getrieben worden.

Sie brachten ihre Sachen in ein verlassenes Bauernhaus, wo Olga sich um die kleine Maria kümmerte. Sie molk eine Kuh, die sie im Stall stehend gefunden hatte und gab die Milch dem Kind zu trinken. Nach einer ganzen Weile kam Nikolai mit etwas Brot und Bier zurück, das er in der Schänke des Dorfes gefunden hatte. Er hatte am Strand ein Signalfeuer gemacht und hoffte so die Fischer auf der anderen Seite auf sich aufmerksam zu machen. Gleichzeitig hatte er damit aber vermutlich auch die Verfolger auf sich aufmerksam gemacht, aber dieses Risiko musste er eingehen. Die Sachsen würden sowieso kommen. Früher oder später und die Fischer würden sie sonst nicht holen können.

Nachdem er Olga das Brot gegeben hatte ging er wieder zu dem Feuer hinüber. Er hatte extra trockenes Holz genommen, um nicht durch den Rauch aufzufallen, und das Feuer hatte er so angelegt, das es nur von der See aus zu sehen war. Er schaute zur Insel hinüber und legte etwas Holz nach, als sich Olga mit dem Kind neben ihn an das Feuer setzte. "Wir werden zusammen leben und Maria als unsere Tochter aufziehen." sagte er und sie nickte glücklich. Das hatte sie sich schon lange gewünscht, es nur nie auszusprechen gewagt.

Ihr Blick ging vom Feuer zu ihrem Nikolai und dann auf das Wasser hinaus. War da eine Bewegung gewesen? Sie zeigte auf das andere Ufer und Nikolai folgte mit seinem Blick ihrer Hand. "Da kommt ein Boot." sagte er als er aufstand und den Fischern zuwinkte. Olga holte die Sachen aus dem Haus zum Feuer und sie sah, dass das braune Segel des Fischerbootes schon viel größer geworden war. Die Fischer hatten sie bemerkt und kamen auf sie zu. Mit einer Hand das

Kind an die Brust drückend winkte sie mit der anderen Hand dem Boot zu. Wenn es sie mit über das Wasser nahm dann waren sie gerettet.

Hinter sich im Wald vernahmen sie nun Hufschlag. Die Verfolger waren näher gewesen als gedacht. Würde das Boot noch rechtzeitig bei ihnen sein? Oder mussten sie in die sächsische Gefangenschaft? Nikolai zog sein kurzes Schwert und führte die beiden zum Ufer, er würde Frau und Kind verteidigen, wenn es sein musste mit seinem Leben, um ihr Leben zu beschützen. Olgas Blick ging zwischen Boot und Waldrand immer hin und her. Würden sie es schaffen? Wenn sie das Boot doch nur ziehen könnte. "Schneller, fahrt doch schneller" dachte sie. Etwa hundert Meter trennten das Boot vom Ufer und der Lärm der Pferde wurde immer lauter. Sie konnte schon das rufen der Männer im nahen Wald hören.

Endlich legte das Boot an. Drei Männer waren darin. Schnell stieg Olga mit dem Kind ein. Nikolai warf die Sachen ins Boot und schob es zusammen mit einem der Fischer ins Wasser. Der Wind blähte das Segel und schnell ging es vom Strand aus zurück auf die See. Die Reiter erreichten unmittelbar darauf das Ufer und schossen ein paar Pfeile hinterher, von denen aber nur einer das Boot traf und darin stecken blieb, ohne jemanden zu verletzen. Die anderen Pfeile fielen weit hinter ihnen kraftlos ins Wasser.

Der Wind schob das Boot vorwärts und die Männer im Boot konnten sehen, wie die Reiter das Dorf plünderten und danach anzündeten. Dicker schwarzer Rauch stieg aus dem Dorf auf, in dem sie noch vor ein paar Minuten Schutz gefunden hatten. Jetzt erst hatte Nikolai Zeit sich bei seinen Rettern zu bedanken. Einer der Fischer, der in seinem Alter war, stellte sich als Hein vor. Er sagte "Das ist die

Abkürzung für Heinrich aber so will ich nicht genannt werden, weil dieser Heinrich gerade unser Volk so gnadenlos verfolgt."

Hein schaute auf das Dorf zurück und sah sein Haus gerade in Flammen aufgehen. Seine Familie hatte er auf die Insel retten können mit allem was tragbar gewesen war. Alles andere sah er gerade in Rauch aufgehen. Er wischte sich eine Träne ab, die vom Wind oder von der Wut auf die Sachsen kommen konnte, dann wendete er sich wieder den drei Geretteten zu. Er war gerade einmal zwanzig Jahre und damit genauso alt wie Nikolai aber das Leben auf See hatte sein Gesicht gegerbt. Die beiden Männer reichten sich die Hand und Nikolai stellte Olga und Maria als seine Familie vor, so wie er es mit Olga vereinbart hatte. Vor Einbruch der Dunkelheit waren sie auf der anderen Seite, gerettet auf der Insel der Slawen.

3. Kapitel

Der Gasthof an der Mole

Die Flucht war nun 17 Jahre her. Nikolai stand an der kleinen Mole und wartete auf die Fischer. Er brauchte für den Abend noch ein paar Fische. In ihrer kleinen Schänke hatten sich Gäste einquartiert, die er nun verpflegen wollte. Ein junges Mädchen mit langen schwarzen Haaren, die sie zu einem Zopf gebunden hatte, kam mit einem Korb den Weg entlang und stellte sich neben ihn. "Hallo Maria, die Fischer sind noch nicht da, du bist zu früh hierhergekommen." begrüßte er seine Tochter. Maria nickte und stellte den Korb wortlos vor sich auf den Boden. Gemeinsam blieben sie eine ganze Weile stehen und schauten auf das Meer hinaus.

Eigentlich wartete sie nicht auf den Fisch, sondern auf Andreas, den Sohn des Fischers, der genauso alt war wie sie selbst. Gedankenverloren spielte sie an dem Anhänger der Kette, die sie um den Hals trug. Ein leichter Wind kam nun von der See auf und wenig später sahen sie das mit Fisch schwer beladene Fischerboot auf sich zukommen. Am Bug stand Andreas und winkte ihr zu. Sie wagte aber nicht zurück zuwinken, wenn ihr Vater dabei war.

Unmittelbar vor der Mole holte Andreas, zusammen mit seinem Vater, das Segel ein. Der Schub, den das Boot durch den Wind bekommen hatte, reichte bis zum Anlegeplatz. Andreas sprang mit einem Seil direkt vor Maria aus dem Boot und band es sorgfältig fest, nachdem er das Boot an den Anleger gezogen hatte. Sein Vater reichte ihm die fünf Fische für Nikolai aus dem Boot und er legte sie in den Korb, den Maria gerade aufnahm und ihm hin hielt. Ihre Hände und Blicke berührten sich, aber die Blicke der Väter waren auf sie gerichtet. Andreas sprang wieder ins Boot, während Maria, mit den Fischen im Korb, zu der Schänke zurück ging.

"Dafür gebe ich dir wieder einen Krug Wein aus." sagte Nikolai zu dem Fischer und der nickte nur kurz, bevor sich alle an das Ausladen des Fisches machten. Der Schreiber kam gerade die Mole herab, um den Fang aufzunehmen. Die Hälfte war für den Fürsten und musste in sein Lager. Immer einer um den anderen Fisch wurde der Fang auf zwei Stapel verteilt und sorgfältig in die Kisten verstaut. Eine kleine, von Eseln gezogene, Karre kam den Anleger herunter und die Fischer verluden den Fisch, der nun dem Fürsten gehörte. Der Schreiber schloss sein Buch und ging dem Wagen hinterher, so konnte er nicht die funkelnden Augen der Fischer sehen und auch nicht, dass Hein, so hieß der Vater von Andreas, vor Verachtung vor dieser Räuberei auf den Anleger spukte. Genau auf die Stelle, an der der Schreiber kurz zuvor noch gestanden hatte.

Maria und Nikolai waren wieder in der Schänke, Maria ging zu ihrer Mutter in die kleine Küche und übergab ihr die Fische. Ihre kleine Schwester Johanna stand bei der Mutter am Herd und putzte das Gemüse, bevor sie es für die Suppe klein schnitt. Mit einem Reisigbesen ging Maria in den Schankraum und fegte zwischen den Tischen durch. Mit einem großen Schwung flog der Schmutz durch die offene Tür, genau vor die Füße des Schreibers, so als hätte sie das geplant gehabt. Der Schreiber schaute auf seine Füße, die nun im Abfall standen, und räusperte sich. Maria lächelte ihn an, so dass er nichts sagen konnte und sich zum gehen umwand. Über die Schulter rief er in die Schänke hinein "Die Pacht ist morgen fällig und lasst mich nicht darauf warten!" dann ging er, ohne sich noch einmal umzusehen, zum nächsten einlaufenden Fischerboot.

Zusammen mit der Mutter ging Maria in den kleinen Garten hinter dem Haus. Sie hatten dort Rüben und Kohl gepflanzt, die sie für das Abendmahl der Gäste ernten wollten. Mit einem Korb gingen sie durch die Reihen der Pflanzen. Olga schnitt die reifen Pflanzen ab und legte sie in den Korb, den Maria trug. Wortlos gingen die beiden Frauen durch die Pflanzen, nur ab und zu entfuhr Olga ein Schmerzenslaut, wenn sie sich aufrichtet. Ihr Rücken machte auch nicht mehr so richtig mit und das obwohl sie noch nicht einmal 40 Jahre alt war.

Nebenan im Garten arbeitete die Mutter von Andreas. Sie ging mit einer Hacke zwischen die Rüben und entfernte das Unkraut, die kleine Schwester von Andreas musste das Unkraut dann aus der Reihe nehmen und auf einen Haufen legen. Eigentlich hatte Andreas drei Schwestern, aber die anderen beiden waren in einem nahen Kloster, da der kleine Garten und der Fischfang nicht so viele Leute ernähren konnte. Maria begrüßte die Beiden im Nachbargarten, auch Olga schaute kurz auf und winkte ohne ein Wort hinüber.

Aus dem nahen Kloster waren jetzt die Glocken zu hören, welche die Nonnen zur Abendandacht riefen. Die Mutter von Andreas hörte kurz auf und schaute Gedankenverloren in die Richtung des Klosters. Vermutlich dachte sie gerade an ihre Töchter. Ihre dritte Tochter war noch zu jung, aber wenn das mit den Abgaben so weiter ging musste auch diese noch ins Kloster. Sie seufzte und machte sich wieder an die Arbeit.

Johanna kam nun ebenfalls in den Garten gelaufen und half beim Rüben ziehen. Olga zeigte welche Rübe gut war. Johanna zog mit dem Eifer der Jugend die Rübe mit einem Ruck aus dem Boden und warf sie dann Maria zu. Als der Korb voll war gingen sie zurück in die Schänke und schnitten in der dunklen, verrußten Küche das Gemüse zurecht. In dem eisernen Topf über dem Feuer brodelte das

Wasser, vorsichtig gab Maria das fertig geschnittene Gemüse hinein und rührte mit einem Holzlöffel einmal kräftig um. Sie übergab den Löffel an Johanna und ging zu ihrem Vater in die Schankstube. Die Tische mussten noch für den Abend vorbereitet werden.

Mit Einbruch der Dunkelheit füllte sich die Schänke immer mehr. Die Fischer setzten sich an die Tische, die durch die Talglichter und das Feuer in der Ecke nur schwach beleuchtet wurde. Hier fiel die Last des Tages von ihnen ab. Es wurde gelacht und man war unter sich. Nikolai schenkte aus, während Maria bediente und Olga in der Küche die Fischsuppe zubereitete, die Johanna mit einer Schüssel sowie etwas Brot zu den Tischen trug.

4. Kapitel

Ein stürmischer Tag

Weit vor Sonnenaufgang waren die Boote auf die See hinaus gefahren. Sie hatten das Netz mehrmals ausgeworfen und der Bereich in der Mitte des Bootes füllte sich immer mehr mit Fischen. Heute war ein guter Fangtag, silbern glänzende Fische zappelten in ihrem Laderaum und es war nicht mehr viel Platz darin, doch irgendwas schien Hein nicht zu gefallen. Immer wieder schaute er zum Himmel und immer mehr trieb er die drei anderen im Boot an. Er wollte schnell in den Hafen zurück.

Als die Sonne weiter über den Himmel kroch sah auch Andreas was den Vater so beunruhigte. Die Wolken hingen sehr tief und der Wind wurde immer stärker. Er sah den Vater an und sagte "Wir müssen zurück!" "Einmal holen wir das Netz noch ein, dann fahren wir zurück." trieb sie Hein an. Andreas schaute auf die immer größer werdenden Wellen und packte das Netz an. Schnell zogen sie das vom Fisch schwere Netz auf das Boot und ließen den Fisch gleich im Netz. Mittlerweile waren die Wellen höher als ihre Bordwand und gelegentlich kam eine Welle als Brecher ins Boot. Nicht lange und alle waren durchnässt. Mit vereinter Kraft setzten sie das Segel, das der Wind sofort aufblähte. So schnell wie noch nie schoss das Boot durch die Wellen, Gischt spritzte ihnen ins Gesicht und durch das im Sturm schwankende Boot gingen ein paar der Fische wieder über Bord.

Andreas stand am Bug, als er durch den Sturmwind einen knirschenden Laut hörte. Er schaute sich um und sah den Mast im Wind schwanken. Gerade noch rechtzeitig duckte er sich, als sich ein Tau löste und wie eine Peitsche durch die Luft fuhr. Das Knallen konnte er durch den Wind nicht hören, aber nun wurde das Segel nicht mehr gehalten. Es klatschte schlaff gegen den Mast und alle im Boot stürzten zum Mast. Jetzt nur nicht den Mast oder das Segel verlieren, sonst war das Boot und auch ihr Leben verloren. Ohne Antrieb warf der Sturm das Boot mit den Wellen hin und her.

Der Mannschaft gelang es den Mast zu stabilisieren und das Segel wieder aufzuspannen, aber dabei ging das mit Fisch gefüllte schwere Netz über Bord. Hein schaute kurz hinterher, bevor er zum Ruder lief. Er musste zuerst ihr Leben retten und dann konnte er sich später Gedanken um ein neues Netz machen. Wie ein Pfeil schoss das Boot in Richtung Land. Alle beteten, dass der Mast hielt.

Andreas sah schon das Land und die sich brechenden Wellen am Ufer, es war Zeit das Segel einzuholen dachte er noch, als der Mast mit einem Krachen über Bord ging. Der Schub, den das Boot hatte reichte aus, dass das nun Segellose Boot bis zum Anleger schwamm. Es schrammte am Steg entlang und fuhr am Strand an ein paar Steinen auf. Andreas sprang als erster von Bord und zog das Boot weiter auf den Strand. Unmittelbar nach ihm sprangen die Anderen zu ihm und gemeinsam sicherten sie ihr Boot.

Alle fielen auf die Knie und dankten für ihr Leben. Stehen hätten sie nun, wegen der Zitternden Knie, sowieso nicht mehr. Die Bewohner des Dorfes liefen zu ihnen und zusammen luden sie den Fisch aus, damit das Boot leichter wurde und besser gesichert werden konnte. Hein schaute auf den Haufen Holz, der vor ein paar Minuten noch ein stolzes Schiff gewesen war. Sie waren das erste Boot das zurück gekehrt war und nun trafen, eines nach dem anderen, die Boote der anderen Fischer ein. Alle waren genauso zugerichtet wie sein Boot.

Zwei Boote fehlten immer noch und alle starrten in den Sturm. Als sich der Sturm legte und die Boote immer noch nicht da waren beteten alle am Strand laut für die Seelen der auf See gebliebenen. Nun hatte Hein Zeit sich das Boot genauer anzuschauen. Die Steine am Strand hatten ein paar Planken eingedrückt, die sie ersetzten mussten. Der Mast und das Segel sowie das Netz waren verloren. Sie hatten zwar ihr Leben gerettet, doch wenn sie das Boot nicht schnell wieder flott kriegen würden, so mussten sie hungern.

Die anderen Fischer hatte es ähnlich schwer erwischt, an einigen Booten waren die Masten abgebrochen und alle hatten schwere Schäden durch die Steine erlitten. So schnell der Sturm gekommen war, so schnell war er wieder vorbei, nun kam der Schreiber und nahm ihnen einen Teil des Fanges weg, den sie eigentlich gebraucht hätten um die Schäden zu beheben.

Nachdem der Fang eingebracht war gingen Andreas und sein Vater in den nahen Wald und suchten einen Baum, der als Mast geeignet war. Nach längerem Suchen fanden sie einen, der genauso gewachsen war, wie sie ihn brauchten. Sie fällten ihn und legten ihn am Rande des Waldes zum trocknen, dann gingen sie wieder zum Strand zurück, aber die beiden fehlenden Boote waren immer noch nicht eingetroffen. Vermutlich hatten die Männer darin nicht so viel Glück gehabt wie sie.

Die Abenddämmerung setzte ein und außer das alle Boote an Land und nicht im Wasser lagen erinnerte nichts mehr an den stürmischen Beginn des Tages. Die Sonne versank und das Meer lag spiegelblank, ohne eine größere Welle, da. Die beiden Männer gingen in die Schänke und Hein gab seiner Bootsbesatzung jedem einen Krug Wein aus. Nach und nach trafen auch die anderen Besatzungen ein und die Schänke füllte sich. An einem leeren Tisch in der Ecke stellte man einen Krug für die auf See gebliebene hin und jeder in der Schänke stieß mit diesem Krug an. Es hätte sie genauso erwischen können und nur Gott wusste, wann es für sie so weit war auf See zu bleiben. In dieser Ecke stand auch eine kleine Heiligenfigur und insgeheim betete jeder, dass es ihm nicht so ergehen würde.

Ein jeder der nach Hause ging schaute noch mal auf die Boote, die direkt vor der Schänke im Mondlicht lagen. Auf dem Heimweg musste jeder Fischer daran vorbei und auch Hein, der im Nachbarhaus wohnte, sah sein Boot unmittelbar vor sich liegen. "Wo bekomm ich ein neues Netz her?" fragte er sich. Alles andere ließ sich reparieren, aber ein Netz musste er kaufen und das Geld reichte gerade mal zum überleben. Doch ohne Netz konnte er nicht Fischen. „Ob ich Nikolai um etwas Geld bitten sollte?" dachte er und ging noch einmal in die nun leere Schänke zurück. Dort fragte er Nikolai "Kannst du mir etwas Geld leihen, damit ich mir ein neues Netz kaufen kann?"

Nikolai schaute in die Kasse, es war genau noch der Betrag darin den Hein brauchen würde. Ohne nachzudenken gab er Hein das Geld und dieser nahm es dankbar an. "Am Ende des Monats gebe ich es dir wieder." sagte Hein dankbar und Nikolai nickte. Mit einem Handschlag verabschiedeten sich die beiden Freunde.

5. Kapitel

Maria

Am nächsten Morgen trat Maria aus der Schänke auf den Anleger. Sie schaute auf den Strand mit den durcheinander liegenden Booten. Einige hatten keinen Mast mehr, ein paar waren durch Steine leck geschlagen. Beschädigt waren aber alle. Keines der Boote lag mehr im Wasser.

Vom ersten Boot hörte sie Hammerschläge und sie sah Andreas, der gerade mit seinem Vater einen neuen Mast zum Boot trug. Zusammen brachten sie ihn an und sicherten ihn. Dann wurden die Planken gerichtet. Alle im Dorf waren mit der Beseitigung der Schäden beschäftigt. Vom Anleger überwachte der Schreiber das ganze Geschehen und statt zu helfen führte er Buch über den verlorenen Fisch. Maria schaute ihn mit Verachtung von der Seite aus an. "Hilf lieber mit." fuhr sie ihn an, doch er schrieb einfach weiter und ließ den Fisch verladen.

Hein sagte zu ihm "Lasse mir bitte etwas mehr Fisch zum handeln, ich brauche ein neues Netz." doch der Schreiber entgegnete völlig ungerührt "Du musst die verabredete Menge Fisch abliefern. Dein Netz ist deine Sache." Damit ließ er die Kisten aus dem Schuppen auf den Eselskarren verladen und ging mit seinem Buch zum nächsten Fischer. Hein starte ihn wütend an und arbeitete danach noch verbissener weiter. Bei jedem Schlag mit dem Hammer konnte man spüren, dass es ihm nicht nur um die Reparatur ging, sondern, dass er im Gedanken den Schreiber verprügelte.

Er hatte zwar das Geld von Nikolai erhalten, aber das wollte er ihm ja auch, wie versprochen, zurückgeben. Ohne Fisch würde das aber sehr schwer werden. Hein fluchte laut in seinem Boot.

Maria griff sich einen Krug Bier im Schankraum und ging zu Hein hinüber. Sie reichte ihm den Krug und er nahm einen kräftigen Schluck, bevor er den Krug an Andreas weiterreichte und sich den Schaum vom Mund wischte. Er bedankte sich mit einem freundlichen nicken, bevor er weiter am Boot arbeitete. Jeden Tag, den das Boot an Land war, hatte er keinen Verdienst und er war mit seiner großen Familie auf jeden einzelnen Fisch angewiesen.

Andreas sah Maria dankbar an als er ihr den Krug leer zurückgab. Nebenan gab es gerade Streit zwischen einem Fischer und dem Schreiber um eine Kiste Fisch, doch die bewaffneten Begleiter des Schreibers klärten die Angelegenheit sofort. Zähneknirschend musste der Fischer die Kiste übergeben. Maria schüttelte den Kopf. Das durfte doch nicht wahr sein was der Schreiber da machte, aber er hatte das Recht immer auf seiner Seite. Sie ging zurück in den Schankraum und holte einen weiteren Krug, den sie dem Fischer brachte. Dankbar nickte auch der, bevor er den Krug mit einem Zug leerte.

Nikolai war nun in die Tür der Schänke getreten und sah seine Tochter mit dem leeren Krug zurückkommen. Lächelnd nahm er den Krug entgegen und füllte ihn wieder. Er rief nach Johanna sowie Olga und dann brachten seine drei Frauen den Fischer Freibier, das er aus schenkte. "Alle müssen wir uns gegenseitig helfen." rief er zur Tür hinaus und ein zustimmendes Gebrumme vom Strand war die Antwort. Nikolai trug nun das alte Holz auf einen Haufen und machte ein großes Feuer am Strand. Mit dem Verschwinden der zerstörten Planken wurde auch die Laune der Fischer langsam besser.

Ein Boot nach dem anderen schoben die Fischer gemeinsam ins Wasser zurück und banden es an den Steg. Alle versammelten sich am Feuer und Olga brachte ein paar Fische die sie am Feuer rösten wollten. Rings um dieses Feuer setzten sie sich in den Sand und nachdem der Fisch gegessen war beschlossen Olga und Nikolai an diesem Abend Maria alles über Swetlana, ihre Mutter, und die Flucht zu erzählen.

Maria hörte schweigend zu und ging danach lange einsam am Strand im Mondlicht spazieren. Ihre ganze bekannte Welt war auf einmal ganz anders. Oder doch nicht? Sie ging schließlich zurück, umarmte Olga und sagte "Du bist meine Mutter, so wie Nikolai mein Vater und Johanna meine Schwester ist. Nichts wird sich ändern." Hand in Hand gingen sie dann alle zurück in die Schänke.

In dieser Nacht konnte Maria lange nicht einschlafen und als es doch gelang, sah sie Swetlana im Traum vor sich, so wie sie ihr ihre Mutter beschrieben hatte. Der Gedanke war für sie immer noch seltsam, die Mutter, die sie all die Jahre aufgezogen hatte, war gar nicht ihre Mutter und im Gedanken verband sie sich mit Swetlana. Diese hatte sich für ihr Volk geopfert und Maria dachte daran, ob das nicht auch ihre Aufgabe war. Leise stand sie auf und setzte sich vor der Schänke in den Sand.

Sie schaute nach oben in den Mond und nahm den Anhänger in die Hand, der ihr als einziges von Swetlana geblieben war. Durch diesen Anhänger waren sie miteinander verbunden. Maria schaute auf die im Wind leicht schaukelnden Boote am Steg und nahm sich vor, so wie Swetlana, etwas für ihr Dorf zu tun und zu helfen wo immer es nötig war. Johanna kam nun leise aus der Schänke und setzte sich zu ihrer Schwester. Sie saßen beide eine ganze Weile schweigend nebeneinander, bis sie wortlos wieder in die Schänke hineingingen und weiter schliefen.

Als am nächsten Morgen, es war Sonntag, die fehlenden Boote immer noch nicht da waren gingen alle zu der kleinen Kirche und gedachten der acht toten Fischer. Heute würde ja sowieso keiner auf See fahren. Die Familien der getöteten Fischer saßen in den ersten zwei Reihen und nach diesem Gottesdienst brachten die anderen Fischer und Bauern alles was sie entbehren konnten zu den Frauen und Kindern, die nun keinen Ernährer mehr hatten. Maria lud die Familien zum Leichenschmaus in die Schänke ein und alle sagten zu.

Hein kam etwas später, da er noch im Nachbardorf das neue Netz geholt hatte. Da er am nächsten Tag wieder auf See fahren musste war er gezwungen, das Netz am Sonntag zu kaufen. Noch einen Tag an Land konnte er sich nicht leisten. Er hatte es in sein Boot gebracht und sorgsam verstaut. Jetzt hatte er aber Schulden bei Nikolai und das gefiel ihm gar nicht. Das Geld musste er unbedingt wieder zurückzahlen, denn auch Nikolai würde es für die Pacht der Schänke sicher brauchen.

6. Kapitel

Aufruhr

Ein paar Wochen waren seit dem Sturm vergangen und er hatte die Fischer fester zusammenrücken lassen. Sie fuhren nun gemeinsam hinaus und halfen sich auch sonst viel mehr als noch vor dem Unwetter. Der Schreiber wagte sich nur noch mit bewaffneter Schutzmacht in das Dorf.

Eines Tages wurde von ihm verkündet, dass die Abgaben erhöht werden sollten. Es galt nun nicht mehr, wie bisher, die Hälfte des Fangs, sondern als Abgabe wurde nun die Hälfte des besten Fangs des letzten Jahres festgesetzt. Damit hatte der Fürst also immer feste Werte mit denen er rechnen konnte, aber den Fischern blieb vielleicht gar nichts übrig.

Am Abend wurde in der Schänke wild darüber diskutiert und am nächsten Tag sollten die neuen Werte gelten. Wie sollten sie das nur schaffen? Angeheizt durch das Bier und den Wein schlugen die Stimmungen immer mehr hoch und Nikolai hatte genug damit zu tun alle wieder zu beruhigen. Er atmete auf, als der letzte Gast sich langsam schwankend auf den Heimweg machte. Zusammen mit seiner Familie räumte er noch schnell die Schänke auf, bevor sie sich noch einmal kurz an das Feuer setzten.

"Wenn der Fürst die Abgabe des Fisches erhöht, so wird es nicht mehr lange dauern, bis sie auch unsere Pacht erhöhen werden." sagte Maria. Der Vater seufzte und schaute ins Feuer. Sie konnten schon jetzt kaum die Pacht bezahlen und wenn den Fischern weniger Fisch blieb, hatten sie auch nicht so viel Geld um in die Schänke zu kommen. Nachdem das Feuer niedergebrannt war gingen sie im Hinterzimmer der Schänke schlafen.

Als der Hahn krähte und Maria aufstand, waren die Fischer schon lange auf See. Sie öffnete die Fensterläden der Schänke und zündete das Feuer an. Sie lehnte sich in eines der Fenster, die nur Öffnungen in der Wand ohne Glas waren, Glas gab es nur in den Fenstern der Kirche, und schaute auf das ruhig da liegende Meer hinaus. Die Fischer würden heute sicher länger draußen sein und doch würde der Fang vielleicht nicht für sie reichen. Olga trat zu ihr und schaute kurz mit aus dem Fenster, bevor sie in die Küche ging. Maria folgte ihr während Nikolai die Tische gerade rückte.

Durch die Tür der Schänke kamen einige bewaffnete Männer herein und setzten sich an einen der Tische. Sie forderten Bier von Nikolai, das er ihnen auch sofort brachte. So früh am Morgen schon so viele Bewaffnete, dachte sich Maria, als sie durch die Tür in den Schankraum schaute, das konnte nichts Gutes für die Fischer bedeuten. Als sie daraufhin aus dem Küchenfenster schaute sah sie, dass da fast dreißig, mit Schild und Schwert bewaffnete Männer beim Schreiber standen. Aus dem Schankraum hörte sie die anderen Männer grölen und nach Wein oder Bier rufen. Da ging sie lieber nicht rein und so musste Nikolai den Ausschank sowie die Bedienung selbst übernehmen.

Sie sah das erste der Boote in die kleine Bucht kommen und der Schreiber rief die Männer aus der Schänke. Widerwillig gingen sie nach draußen, zahlten aber auch nicht die geforderte Zeche. Da sie bewaffnet und in der Überzahl waren konnten sie sich so benehmen, dachten sie, wer sollte sie schon aufhalten.

Die Stimmung am Anleger war schon aufgeheizt gewesen lange bevor das erste Boot anlegte und das lag nicht an den Fischern sondern eher am Alkohol, den die Wachen getrunken hatten. Als nun das Boot anlegte stürzten sich alle auf die vier Fischer. Der Schreiber las die geforderte Menge vor und die Bewaffneten luden den Fisch auf den Karren auf. Der Besatzung blieben nur zwanzig Fische übrig. Einer der Fischer versuchte etwas zu erwidern und ein paar der Fische zurück zu holen, doch dabei wurde er einfach von den Schergen des Schreibers zusammen geschlagen und unter lautem Gejohle in sein Boot geworfen. Für den ganzen Tag harter Arbeit auf See blieben jedem Fischer gerade einmal fünf Fische übrig. Das war noch nicht mal das Mittagessen für die großen Familien. Betreten und wütend sahen sich die Fischer an.

Boot für Boot ging es so weiter und den Fischern blieb von ihrer schweren Arbeit kaum genug zum selber essen. Erst recht blieb nichts zum Handeln auf dem Markt. Am nächsten Tag würden sie noch länger draußen bleiben und die Boote überladen müssen, damit am Ende doch noch genug übrig bleiben würde.

Am Abend war die Stimmung sehr bedrückt in der Schänke und alle starrten nur wortlos in ihr Bier. Nikolai fasste im Stillen den Entschluss, Johanna in das Kloster zu geben. Bei all der Gewalt hier und den immer weniger werdenden Einnahmen, war es bestimmt das Beste für alle. Er würde das noch mit Olga besprechen, aber er war sich sicher, dass sie dies ähnlich sah. Maria schloss die Fensterläden und bemerkte, dass ihr Vater wegen irgendetwas bedrückt war.

Wie jeden Abend setzten sie sich an das Feuer in der Schankstube bis dieses herunter gebrannt war. Nikolai sagte zu Johanna "Morgen wirst du ins Kloster gehen." auch die Tränen Johannas und das Bitten der drei Frauen, es sich doch noch einmal zu überlegen, brachten ihn nicht zu einer Änderung seiner Absicht. Unter Tränen ging Johanna in das Zimmer hinter dem Schankraum und packte ihre Sachen in einen kleinen Beutel. Viel war es nicht, was sie hatte und Kleidung würde sie im Kloster erhalten. Der Beutel war damit nicht so groß.

Auch in dieser Nacht, lange nachdem die Eltern eingeschlafen waren, saßen die beiden Mädchen vor der Schänke im Sand. Johanna nahm still Abschied von der See, die sie nun nicht mehr sehen würde. Die beiden Töchter der Nachbarn hatten die Mädchen auch nie wieder gesehen, nachdem sie ins Kloster gegangen waren. Bei all dem Kummer und der Not war das Kloster oft die einzige Möglichkeit die vielen Kinder durchzubringen. Dort war für sie gesorgt, sie bekamen Kleidung, Bildung, ein Dach über dem Kopf und täglich zu essen. Das war mehr als ihnen hier oft zu Teil werden konnte.

Als die beiden Mädchen wieder ins Haus gingen umarmten sie sich und Maria sagte "Wer weiß wie das weiter geht hier im Dorf, vielleicht muss ich ja auch noch ins Kloster und dann sehen wir uns dort wieder. Du bist dort bestimmt sicher vor diesen Männern, die heute die Fischer zusammengeschlagen haben." Johanna nickte, sie hatte sich in ihr Schicksal ergeben.

7. Kapitel
Mutige Männer

Am nächsten Morgen brachte Olga und Maria Johanna in das Kloster. Schweigend gingen die drei Frauen den Weg entlang. Als sie an das große Tor kamen läutete Olga die Glocke und die Drei verabschiedeten sich mit vielen Tränen voneinander. Das große Tor öffnete sich, Johanna schritt hindurch und drehte sich noch einmal um, während sich das Tor langsam wieder schloss. Maria winkte ihr zu, dann gingen die beiden Frauen wieder zurück in ihr Dorf.

Johanna wurde von den Töchtern des Nachbarn in Empfang genommen. Sie zeigten ihr alles im Kloster und wollten auch alles aus dem Heimatdorf wissen. Die Äbtissin nahm sie am Eingang des Klostergartens in Empfang und brachte sie in ihr Zimmer. Dort erhielt sie die Kleidung der Nonnen und zog sich um. Von nun an würde sie immer nur noch diese Sachen tragen. Sie erhielt ein kleines hölzernes Kreuz als Anhänger und dann gingen alle zur Andacht in die kleine Kirche. Nach der Andacht zeigte eine Nonne Johanna den kleinen Garten, an dem sie schon vorbei gekommen war und in dem sie nun arbeiten würde. Dort traf sie auch eine der Töchter des Nachbarn und sie war froh, dass sie nun zusammen hier arbeiten würden.

Schweigend waren Olga und Maria wieder in ihrem Dorf eingetroffen und schon von weitem hatten sie gesehen, das die Bewaffneten schon wieder vor ihrer Schänke standen. Dort vorbei mussten nun die beiden Frauen, um in das Haus zu gelangen. Sollten sie warten bis das erste Boot gekommen war? Wer weiß wie lange das noch dauerte. Oder sollten sie zum Nachbarn gehen? Die beiden Frauen schauten sich kurz an und gingen dann zu ihrer Schänke.

In diesem Moment legte das Boot von Hein am Steg an. Olga kam ohne Aufenthalt in das Haus hinein, als sie sich umsah, sah sie wie sich die Bewaffneten um ihre Tochter versammelten. Sie ließen sie weder vor noch zurück, standen dicht um sie herum und wollten sie nicht durchlassen. Der Alkohol hatte ihnen die Sinne vernebelt, sie versuchten Maria zu küssen und schubsten sie hin und her. Andreas, der dies aus dem Boot heraus sah, machte besonders viel Lärm beim Aussteigen und schrie den Schreiber an. Als die Bewaffneten von dem Lärm auf dem Anleger abgelenkt waren schlüpfte Maria schnell zu Olga ins Haus und verschloss die Tür der Schänke.

Die als Ablenkung gedachte Ansprache an den Schreiber heizte nun die Stimmung noch mehr an. Drei weitere Boote legten zeitgleich an und nun standen etwa gleichviel Fischer wie Bewaffnete auf dem Steg. Der Schreiber zog sich leise zurück. Der Tumult wurde immer größer und als Nikolai aus der Schänke trat, sah er gerade den ersten Bewaffneten in die See fallen. Die Fischer wehrten sich mit den Rudern gegen die Schwerter der Männer des Fürsten. Der Schreiber hatte gerade einen Melder losgeschickt, der Verstärkung holen sollte und wenig später trafen zwanzig Reiter ein, die das Gleichgewicht zu Ungunsten der Fischer verschoben.

Zähneknirschend mussten sie nun den ganzen Fisch übergeben, sozusagen als Wiedergutmachung. Es hatte keine größeren Verletzungen gegeben, sondern nur ein paar Platzwunden und blaue Flecke. Aber die auf beiden Seiten. Die Fischer hatten sich zwar erfolgreich gewehrt, aber ihnen war nun kein Fisch mehr geblieben. Also fuhren sie noch einmal hinaus um sich ihren Teil zu holen.

Erst kurz vor dem Einsetzen der Abenddämmerung kehrten sie zum zweiten Mal in den Hafen zurück. Der Fang war nur gering gewesen, aber sie hatten noch etwas für ihre Familien aus der See holen können. Der Schreiber war da schon lange wieder beim Fürsten und erstattete Bericht über den Aufruhr der Fischer.

An nächsten Tag verkündete er den Beschluss des Fürsten, dass für eine ganze Woche aller gefangener Fisch an ihn zu übergeben sei. Und wer zu wenig Fisch mitbringen würde, der musste Strafe in barer Münze entrichten. Dafür würde der Fürst von einer Bestrafung der Aufrührer absehen. Widerwillig stimmten die Fischer zu. In dieser Woche würden sie also jeden Tag zweimal hinaus fahren müssen.

In dieser Woche blieb Nikolais Schänke weitestgehend leer. Nur ein paar durchreisende Gäste waren da, die Fischer kamen erst spät vom Fang und waren dann meist zu erschöpft, um noch in die Schänke zu gehen. Wie sollte er von den paar Münzen nur die Pacht bezahlen? Da quartierten sich vier reiche Handelsreisende mit ihrer Begleitung in seiner Schänke ein, die ein paar Tage in der Gegend bleiben wollten. Sie zahlten gut und aus den Gesprächen mit ihren Begleitern erfuhr er, das sie von der Hanse aus Lübeck waren und hier Geschäfte mit dem Fürsten vorbereiteten. Welche das waren sagten sie aber nicht.

Die Kaufleute der Hanse ritten täglich zur Residenz des Fürsten und kamen abends wieder zurück in die Schänke. Da sie sehr freigiebig mit ihren Münzen waren schloss Nikolai daraus, dass die Geschäfte sehr gut standen. Was konnte der Fürst denn als Ware anbieten? Vermutlich den Fisch, den die Fischer jeden Tag für ihn aus der See holten und den er ihnen mit seiner Macht abpresste. Nach ein paar Tagen reisten sie wieder ab und ließen ein paar Münzen als Trinkgeld bei Maria. Maria verteilte das Geld an die Fischer am Steg, unmittelbar nachdem die Kaufleute wieder aufgebrochen waren. Dieses Geld war zu Unrecht erworben und das wollte sie nicht behalten.

Nikolai, der dies sah, seufzte und sagte zu Olga "Ich wünschte ich könnte das auch machen. Aber wir brauchen dieses Geld um die Pacht zu bezahlen, sonst setzt uns der Fürst vor unser Haus und dann muss Maria auch noch ins Kloster." Olga nickte nur dazu und ging wieder in die Küche zurück. Die Woche war um und die Fischer waren abends wieder in der Schänke. Mancher von ihnen bezahlte mit den Münzen die ihnen Maria am Tag geschenkt hatte und so erhielt Nikolai sie doch wieder zurück.

In der Schänke rätselten alle, was die Kaufleute hier gewollt hatten und keiner wusste die Antwort. Niemand hatte etwas gehört und den Schreiber brauchten sie nicht fragen, der würde ihnen bestimmt keine Auskunft geben. So kamen immer mehr Gerüchte in den Umlauf und es wurde immer mehr spekuliert, was da ausgehandelt worden war. Man würde einfach warten müssen bis der Fürst oder der Schreiber etwas dazu sagen würde. Das war aber dann bestimmt nichts Gutes für die Fischer, soweit war man sich da einig.

8. Kapitel

Die Kogge

Andreas stand wieder mal am Bug des Bootes, so wie jeden Tag, wenn sie vom Fang zurück in den kleinen Hafen fuhren. Sie hatten heute einen guten Fang gemacht und waren daher schon etwas eher wieder auf dem Heimweg. Nur kleine Wellen kräuselten die See und er konnte sich fast darin spiegeln, wenn er nach unten sah. Als sie das kleine Kap umrundeten, hinter dem die Einfahrt zu ihrer Bucht war, sah er direkt vor sich ein gewaltiges Schiff segeln.

Dieses Schiff war viermal so lang wie ihr eigenes und das Segel war riesengroß. Er hatte schon von den Schiffen der Hanse, den Koggen, erzählen gehört, aber dieses hier war das erste, das er selber sah. Es war fast genauso schnell wie ihr kleines Fischerboot und so segelten sie fast nebeneinander her. Vom Heck der Kogge schaute ein Seemann auf sie herunter und vorn am Mast saß in einer Tonne ganz oben ein Mann und beobachtete die See vor sich.

Die Kogge stoppte nun und das Segel wurde eingeholt. Ein Anker wurde ins Wasser gelassen und das kleine Fischerboot fuhr in den Hafen ein. Das Wasser war hier vermutlich nicht tief genug für die große Kogge. Nachdem sie am Steg angelegt und den Fisch entladen hatte mussten sie Fisch in Kisten wieder aufladen und zu der Kogge am Eingang der Bucht fahren. Der Fisch war getrocknet und an der Kogge wurden sie schon erwartet. Mit Seilen wurde der Fisch nach oben gezogen und ein paar Fässer wieder herunter gelassen.

Mit den Fässern fuhren sie wieder zurück und holten im Austausch neuen Fisch. So fuhren sie ein paar Mal hin und her. Bei der letzten Fahrt mussten die Fischer, bis auf Hein, an Bord der Kogge kommen, um die Fische mit zu verstauen. Die Kisten standen überall an Bord verteilt und mussten nun in den Laderaum im Bauch des Schiffes gebracht werden. Andreas ging nach unten und nahm die Kisten ab, die ihm von oben zugereicht wurden. Der Laderaum war gewaltig groß. Ihr kleines Boot hätte hier ohne Probleme hinein gepasst. „Wie viel Fisch man hier wohl lagern konnte?" fragte sich Andreas in Gedanken.

In einer Ecke standen Truhen und Fässer, in der anderen lagen Pelze in einer Kiste. Einer von der Besatzung bewachte die ganze Verladung und trieb die Fischer zur Eile an. Die Kogge wollte heute wieder zurück und da musste noch der ganze Fisch verstaut werden. In einer Truhe sah Andreas Münzen und er konnte sich erinnern, dass sie eine ähnliche Truhe vorhin mit an Land gebracht hatten. Das waren also die Geschäfte des Fürsten. Er lieferte Fisch an die Hanse und erhielt Münzen und andere Waren dafür.

Als Andreas wieder an Deck war konnte er sich das Schiff noch einmal anschauen. Im vorderen Teil waren die Quartiere der Mannschaft, er sah dort einen der Seemänner hineingehen, am Heck standen auf einer erhöhten Plattform der Kapitän und der Kaufmann am Ruder. Sie unterhielten sich und der Kaufmann schrieb etwas in ein Buch. Unterhalb der Plattform war eine Tür, die nun offen stand. Er sah dort einen reich gedeckten Tisch. Das war bestimmt für den Kaufmann vorbereitet, die anderen Seemänner würden dort sicher nicht essen. Das konnte er sich jedenfalls nicht vorstellen.

Andreas war der letzte der Fischer, der wieder das Schiff, am Seil rutschend, verließ. Als sie wieder in ihrem Fischerboot waren wurde der Anker der Kogge eingeholt und das Segel gesetzt. Schnell zog es mit dem Wind auf die See hinaus, während das Fischerboot in die entgegengesetzte Richtung zum Hafen fuhr.

Am Abend erzählte Andreas von den Erlebnissen in der Kogge, er war der einzige gewesen der darin gewesen war. Von den Schätzen in ihrem Bauch, den vielen Fässern, der Truhe mit den Münzen und den Pelzen. Die Fischer lauschten seiner Erzählung und auch Maria, an die Küchentür gelehnt, hörte zu. Nun wusste auch Nikolai, was die Kaufleute der Hanse hier gewollt hatten. Das waren also die Geschäfte des Fürsten gewesen.

Von nun an kam einmal alle zwei Wochen eine Kogge an den Rand der Bucht gefahren. Mal fuhren sie am Tage wieder zurück und manchmal ankerten sie auch über Nacht. Dann kam der Kaufmann an Land und ritt mit einem Pferd, das der Schreiber für ihn mitbrachte, zum Fürsten hinüber. Mit jeder Kogge, die ankam, stieg auch die Gier des Fürsten und gleichzeitig erhöhte er immer mehr die Abgaben für die Fischer. Nun mussten sie jeden Tag zweimal auf See fahren, um die Abgaben überhaupt zu schaffen.

Im Stillen Fluchte ein jeder Fischer vor sich hin, aber es half alles nichts. Immer mehr Fisch wurde gefordert. Selbst über den Winter, als sowieso nicht viel Fisch in der See war, mussten sie die Norm weiter erbringen. Die Not der Fischerfamilien wurde immer größer und genug zu essen hatte es schon lange nicht mehr gegeben. Die Wut auf die Ausbeuter wurde immer größer, doch was sollte man unternehmen? Wie konnte man sich etwas von dem zurück holen, das allen gehörte. Viele sehnten sich zu den Zeiten zurück, als unter ihren Vorfahren jedem ein Teil des Fanges zustand und es noch keinen so gierigen Fürsten gegeben hatte. Das war noch nicht einmal zwanzig Jahre her.

Konnte man sich nicht einen Teil irgendwie zurück holen? Doch hieß es nicht in der Bibel "Du sollst nicht stehlen?" und stahl nicht eigentlich auch der Fürst ihren schwer erwirtschafteten Fang? Alle diese Fragen hatte jeder der Fischer im Kopf, aber diese Ansichten auszusprechen getraute sich niemand. Wer wusste schon wie der Fürst darauf reagieren würde. Vermutlich mit Gewalt gegen die Fischer, wenn er sie erwischen würde.

Immer mehr zog sich Maria zurück und mit jedem Tag kam sie in ihren Augen einen Schritt näher an das Kloster und dort wollte sie wirklich nicht hin. Sie wollte hier mit Andreas im Dorf leben und eine Familie gründen. Nicht mehr lange und sie würde die einzige junge Frau im Dorf sein. Sie setzte sich am Abend vor die Schänke als Andreas an sie heran trat. Er hatte bemerkt, dass sie oft in der Nacht hier draußen saß und auf die See schaute. Er setzte sich zu ihr und nahm ihre Hand. Nun schauten sie gemeinsam in den Mond und überlegten was zu tun sei.

9. Kapitel

Ein kühner Plan

Friedlich lag die Kogge im Mondlicht in der Bucht. Andreas und Maria schauten sich an. Waren die Koggen nicht schuld an ihrer Lage? Zumindest hatten sie einen Teil mit Schuld an ihrer Not. Sollte man also nicht die Koggen dafür bezahlen lassen? Wen konnte man in so einen Plan einweihen? Nikolai, Hein, ein paar Fischer? Da war noch eine Menge zu überlegen. Die Beiden gingen jeder in ihr Zuhause, um den Plan weiter auszudenken. Am nächsten Abend wollten sie sich wieder hier treffen.

Maria hatte Nikolai und Andreas hatte Hein ins Vertrauen gezogen, nach dem Schließen der Schänke trafen sie sich zu viert am Strand. Die Kogge war nicht mehr zu sehen, aber Andreas hatte auch so kein Problem den anderen seinen Plan zu erläutern. Sie setzten sich an den Strand und Andreas begann "Wir sollten in der Nacht eine der Koggen überfallen und uns das zurückholen, was uns gehört." die anderen drei überlegten nun weiter und Hein begann "Nicht den Fisch, sondern die Tauschwaren sollten wir holen. Mit meinem Boot könnten fünf oder sechs Mann hinüber rudern und ihr zwei" er zeigte auf Maria und Nikolai "ihr könntet dann später die Beute unter die Leute im Dorf bringen." Maria nickte und ergänzte "Ich kann ja den Frauen etwas unter die Arme greifen. Das fällt nicht auf, wenn wir es nicht übertreiben, und Nikolai kann den Männern helfen. Wenn wir es geschickt anstellen, dann bleibt der Ursprung der Beute hoffentlich verborgen." alle Vier nickten und Hein sagte weiter "Ich, Andreas und Nikolai im Boot, da fehlen noch drei. Ich werde sehen, wem ich trauen kann."

Alle vier verabschiedeten sich und gingen schweigend zurück in die Häuser. "Können wir das wirklich geheim halten?" dachte sich

Maria und schaute ihren Vater von der Seite aus an. Im Mondlicht sah sie die Falte über der Nase von Nikolai, die sich immer bildete, wenn er angestrengt nachdachte, und sie war sich sicher, dass er über dasselbe Problem nachdachte wie sie. "Wir müssen da sehr sehr vorsichtig sein." sagte Nikolai schließlich. "Wenn das raus kommt, dann haben die kein Problem damit uns alle hinzurichten. Auch dich." sagte er weiter und Maria nickte. Sie schaute auf den Mond über sich, der alles mit angesehen hatte und ging dann mit Nikolai in die Schänke hinein.

Hein machte sich Gedanken zu seinem Boot. Er wollte seine beiden Freunde vom Boot und einen weiteren Fischer ins Vertrauen ziehen. In der Nacht rudern konnten sie, da sie auch nachts auf Fischfang fuhren. Segeln würden sie nicht können, da das Segel sonst ihre Ankunft auf dem Schiff verraten würde. Die Ruder würden sie mit Lappen umwickeln, um noch leiser zu sein, denn nachts würde man jedes Geräusch sehr weit hören können und auf der Kogge war nachts bestimmt eine Wache. Für den Rückweg musste Maria ein Licht vor der Schänke entzünden. Die Bucht kannten sie ja eigentlich blind, aber sie wollten ja nichts riskieren. Noch in dieser Nacht bereiteten sie Seile und Haken vor, um auf das Schiff zu klettern. Maria würde ab diesen Abend immer mit einem Feuer vor ihrer Schänke sitzen, so war das dann später nichts Besonderes mehr, wenn das Feuer dort brannte und sie mit dem Boot auf See waren.

Nikolai und Maria räumten den Lagerschuppen so auf, dass so etwas wie eine doppelte Wand entstand, hinter der sie die zu erwartende Beute verstauen wollten. Plötzlich gab es in der hinteren Ecke einen Knall und Maria fuhr herum. "Sind wir schon erwischt worden bevor es richtig losging?" fragte sie sich in Gedanken, doch da kam die kleine schwarze Katze, die hier im Lager die Mäuse fern halten sollte, hinter einer Kiste hervor. Eigentlich war es ja Johannas Katze und Maria nahm sie auf den Arm und streichelte sie.

Mit der schnurrenden Katze drehte sie sich zu Nikolai um, der noch ein paar Kisten stapelte, und schaute ihn und ihr Werk wortlos an. "Sollen wir Olga ins Vertrauen ziehen?" fragte Maria, als Nikolai fertig war. Nikolai überlegte kurz und nickte dann "Ja, wir sollten sonst aber nur Leute in diese Sache einweihen, denen wir vertrauen können. Je weniger Menschen es wissen, umso weniger können uns verraten." entgegnete er. Maria setzte die Katze auf den Boden und diese lief schnurrend um ihre Beine, danach sprang sie wieder auf eine der Kisten. Dann gingen Maria und Nikolai zu Olga in die Schankstube und erzählten ihr alles über den Plan. Olga war nicht so begeistert von der Idee "Was ist wenn sie euch fassen?" fragte sie und traf damit genau dieselbe Frage, welche die Beiden vorher bereits gehabt hatten. Die drei setzten sich an das Feuer und dachten noch einmal über den Plan nach, kamen aber zu dem Entschluss, dass sie nur so dem Dorf und der Bevölkerung gegen den Fürsten helfen konnten.

Im Nachbarhaus saßen Hein und Andreas genau zur selben Zeit ebenfalls am Feuer und überlegten wie sie den Plan umsetzen konnten. Hein hatte die anderen drei gefragt und diese hatten sofort zugestimmt. Der Hass auf die Ausbeutung saß so tief in den Fischern und man wollte es sich nicht ungestraft gefallen lassen. Vermutlich hätte das ganze Dorf mitgemacht, wenn sie es gefragt hätten, aber so war es gut. Leise zog der Wind um die Häuser und doch zuckten die fünf Bewohner der beiden Häuser bei jedem Geräusch zusammen. Waren sie ertappt worden bevor es überhaupt begonnen hatte?

Maria ging noch einmal an den Strand und setzte sich an das Feuer, so wie sie es nun jede Nacht machen wollte. Nach kurzer Zeit saßen sie zu fünft hier am Feuer und aus der Entfernung vernahmen sie weitere Schritte. Die anderen drei Fischer kamen ebenfalls zu dem Feuer. So saßen nun die Verschwörer wortlos nebeneinander und schauten abwechselnd in das Feuer und auf die glatte Oberfläche der See, in der sich der Mond spiegelte. Das zuckende Feuer warf tanzende Schatten auf ihre Gesichter und gab dem ganzen eine gespenstische Atmosphäre. Ein jeder überlegte still für sich.

Andreas hatte der Einfall, den Aberglauben der Seeleute gegen diese einzusetzen. Zusammen mit Hein schnitzte er am nächsten Morgen ein paar Hörner aus Holz, die sie sich dann am Kopf befestigen wollten, um so als dämonische Wesen zu erscheinen. Ihr Plan nahm langsam immer mehr Gestalt an, aber hatten sie wirklich an alles Gedacht?

10. Kapitel
Große Beute

Heute war es nun soweit. Am Abend hatte die Kogge in der Bucht geankert und der Kaufmann war von einem der Fischerboote an den Strand gebracht worden. Er setzte sich zu Nikolai in die Schänke und ließ sich den Wein schmecken. Der Schreiber holte ihn dann später in der Schänke ab. Zusammen ritten sie in den kleinen Ort, wo der Kaufmann beim Fürsten bestimmt erst Feiern und dann sicher auch übernachten würde. Langsam senkte sich die Dunkelheit über die kleine Bucht, der Wind flaute ab und die Fischerboote wiegten sich sanft in der Dünung am Anleger.

In der Nacht versammelten sich alle Verschwörer an Heins Boot, das er am Anleger ganz vorn festgemacht hatte, so dass er nicht an anderen Booten vorbei musste. Sie hatten sich mit Ruß schwarz geschmiert und waren halbnackt. Die kleinen Hörner, die Andreas auch noch rot angemalt hatte, hatten sie mit Bändern an ihren Köpfen befestigt. Wenn sie sich gegenseitig anschauten erschraken sie selber fast voreinander. Sie sahen aus wie Teufel aus der Hölle und sie stiegen gemeinsam in das Boot. Ab jetzt gab es kein Zurück mehr, nun fiel auch die Anspannung von ihnen ab, ein jeder konzentrierte sich auf seine Aufgabe. Maria ging zum Strand hinunter und entzündete das kleine Feuer, an das sie sich setzte und das als Leuchtfeuer für die Fischer zur Orientierung bei deren Rückfahrt zum Anleger dienen sollte.

Leise ruderten die sechs Männer los, auf die Kogge zu, die sich dunkel gegen den Horizont abzeichnete. Sie blieben eine kleine Strecke, etwa drei Schiffslängen, vor der Kogge liegen. Hein und Andreas glitten leise ins Wasser und schwammen vorsichtig und ohne einen

Laut zur Kogge hinüber. Die Messer hatten sie zwischen die Zähne genommen. An der Kogge angelangt kletterten sie das Ankertau vorsichtig hinauf. Andreas rutschte kurz ab, aber ohne einen Laut fing er sich wieder. "Das haben wir nicht geübt." dachte er sich. Nacheinander gingen sie auf das Deck, Hein schlich nach hinten und Andreas verschloss vorn die Tür zur Kabine der Mannschaft. Zusammen gingen sie dann zur Ruderplattform am Heck und stiegen leise die Treppe an der Seite hinauf.

Als der Wachposten die beiden Teufel vor sich sah wurde er kreidebleich, das konnte man sogar im Mondlicht sehen, kein Wort entfuhr ihm vor Schreck. Er ging auf die Knie und betete ohne ein Wort, zitternd für seine Seele. Hein knebelte und fesselte ihn, dann winkten sie das Boot zu sich heran. Als das Fischerboot mit einem dumpfen Laut an die Kogge stieß öffnete sich die Tür der Kabine am Heck. An diese Tür hatten die beiden nicht gedacht, erschrocken schauten sich Hein und Andreas an, dann gingen sie an die vordere Kante der Plattform, an der eine kleine Reling angebracht war. Sie schauten nach unten auf das Deck. Der Kapitän kam unter ihnen, nur mit einer Unterhose bekleidet, schlaftrunken aus seiner Kabine auf das Deck gelaufen, um das Geräusch zu erkunden. Er drehte sich zum Ruder um, schaute zum Heck, um die Wache zu rufen, und sah die beiden Teufel die gerade vor ihm von der Plattform sprangen.

Hein hielt ihm den Mund zu und Andreas setzte ihm ein Messer an den Hals. Der Kapitän brachte kein Wort heraus. Bevor er sich fangen konnte wurde auch er geknebelt und gefesselt. Hein ließ ein Seil zum Boot hinab und damit kamen die anderen drei aufs Schiff, nur Nikolai blieb auf dem Fischerboot zurück. Zu fünft gingen sie nun nach vorn und fesselten die überraschte und verängstigte Besatzung. Nachdem sie nun freie Bahn hatten durchsuchten sie den Laderaum, was da so zu holen war. Sie trugen einige Truhen und Fässer auf das Deck, die Pelze sowie die Kisten mit dem Fisch ließen sie im

Laderaum, die hätten sie nicht brauen können, danach ließen sie alles nacheinander auf das Boot hinunter und ruderten dem Feuer folgend in den Hafen hinüber. Dort nahm Maria die Beute in Empfang. Die sie erst mal auf dem Anleger nebeneinander abstellte, bevor das Boot zur Kogge zurück kehrte.

Als letztes fanden sie eine Kiste mit Schwertern in der Kabine des Kapitäns und auch diese zogen sie auf das Deck. In der Kabine des Kaufmannes fanden sie eine kleine verschlossene Truhe, in der vermutlich das Geld versteckt war. Die Papiere und Bücher ließen sie zurück und nahmen nur die Truhe mit. "Wie sollen wir die auf bekommen?" fragte Andreas. "Darüber werden wir uns an Land Gedanken machen." antwortete Hein leise. Alle versammelten sich wieder auf dem Deck der Kogge.

Nachdem sie alles auf das Boot gebracht hatten, was sie sich auf das Deck gestapelt hatten, brachten sie die Mannschaft und den Kapitän in den nun etwas leereren Laderaum. Sie steckten ein Messer neben der Tür in die Wand, damit sich die Seeleute später selbst befreien konnten, verließen den Raum wortlos, verschlossen die Tür und stiegen wieder aufs Deck. Bis zu diesem Moment war kein einziger Laut gefallen, alles war still und leise abgegangen. Jetzt johlten die Fischer auf dem Deck und tanzten laut um den Mast. Unten saßen die verängstigten Seemänner im Dunklen und beteten für ihre Seelen.

Hein ging nach vorn, schnitt das Ankertau durch und sie gingen wieder von Bord in ihr Boot. Der Wind, der vom Land her kam, ließ das Schiff ganz langsam aus der Bucht gleiten und die Fischer fuhren leise zum Hafen zurück. Maria nahm die restliche Beute in Empfang. Gemeinsam brachten sie nun alles in den Lagerraum, hinter der Schänke, wo Olga bereits auf sie wartete. Die Schwerter versteckten sie im Sand unter dem Fußboden der Scheune, diese hätten sie sofort verraten, da kein Fischer ein Schwert haben durfte, nur Messer waren ihnen erlaubt. Als sie nach einer ganzen Weile wieder aus der Scheune zum Strand gingen, um die schwarze Farbe in der See abzuwaschen, war die Kogge schon lange nicht mehr in der Bucht zu sehen.

Die Seeleute würden sich später auf See selbst befreien können und wenn sie zurück kommen würden, könnten sie nur von ein paar nackten Teufeln erzählen. Wer sollte ihnen da schon glauben? Ein jeder würde denken, dass sie einfach zu tief ins Glas geschaut hatten und dann nicht mehr gewusst hätten, was sie taten oder sahen. Leise gingen die sieben wieder in ihre Hütten, am Morgen mussten sie wieder zum Fischfang raus auf die See, es wurde eine sehr kurze Nacht für die Fischer.

11. Kapitel

Gerechte Verteilung

Jetzt war es Marias Aufgabe alles aufzuteilen und soweit vorzubereiten, um es an die Familien zu verteilen. Während die Fischer noch schliefen schaute sie in alle Kisten und Truhen. Es war auch die Kasse des Kaufmannes dabei. Wie sollte sie die auf bekommen und wer sollte das Geld erhalten? Zuerst musste das Schloss geknackt werden. Maria schaute sich die Kiste gut an. Auf dem Deckel war die Öffnung für den Schlüssel und den hatte der Kaufmann sicher bei sich. Sie bog sich ein Stück eines Nagels so zurecht, dass ein kleiner Haken entstand. Nach einer ganzen Weile des Hantierens machte es Schnapp und die kleine Truhe öffnete sich. Ein kleines Säckchen mit Münzen war darin.

Wie konnte sie das Geld unter die Leute bringen, ohne dass es auffiel? Als sie die vielen kleinen Münzen in die Hand nahm kam ihr ein Gedanke. Sie schlich durch die Gärten hinter den Häusern und lies ab und zu eine der Münzen fallen, die sie dann mit dem Fuß in die Erde drückte. Nach kurzer Zeit war das Säckchen leer und alle Münzen verteilt. Die leere und verräterische Truhe, mit dem Zeichen des Kaufmannes darauf, warf sie vom Anleger aus in das Wasser der Bucht. Nur ein leises Platsch war zu hören. Mit einem glucksenden Geräusch versank die Truhe in der See. Nachdem sich die Wellen wieder geglättet hatten drehte sie sich um, aber niemand hatte es gehört oder gesehen.

Maria ging in das Lager zurück und schaute nach, was da noch so zu finden war. In einer der Kisten waren eiserne Töpfe, in zwei anderen war Schafwolle. Diese Dinge würde sie, nach und nach, an die Frauen im Dorf verschenken. Wenn sie das einzeln weg gab, würde es nicht auffallen und sie hatte ja auch schon früher Dinge aus der

Schänke verschenkt. Die Fässer mit dem Wein rollte sie noch vor Sonnenaufgang in die Schänke hinüber und gab sie Nikolai. Der füllte den Wein in seine Fässer um und ließ dann die anderen Fässer verschwinden. Da waren ja die verräterischen Zeichen der Hanse darauf.

Er nahm ein kleines Beil und zerschlug die Fässer vor der Schänke. Das Feuer, das er mit dem Holz machte, rauchte sehr stark, da es durch den Wein sehr feuchtes Holz war. Er hoffte, dass ihn keiner fragen würde, warum er da diese Fässer verbrannte, statt sie wieder neu befüllen zu lassen. Er musste sich für das nächste Mal überlegen, wie er die Fässer anders verschwinden lassen konnte. Sie waren durch die Zeichen einfach zu verräterisch und wenn der Schreiber eines der Fässer gesehen hätte, wäre es Nikolai schlecht ergangen.

Die Fischer kamen von ihren Häusern den Anleger herunter und gingen zu ihren Booten. Sie grüßten Nikolai, als sie an ihm vorüber gingen. Auch Hein ging, nach einer sehr kurzen Nacht, vorbei und begrüßten Nikolai mit einem Handschlag sowie einem nicken. Eines nach dem anderen fuhren die Fischerboote auf die See hinaus und der Mond ging gerade unter.

Als die Sonne aufging kam der Kaufmann mit dem Schreiber geritten. Vor dem Anleger, direkt an der Schänke, stiegen sie vom Pferd und gingen in Richtung Strand. Als sie auf die Bucht schauten blieben sie wie erstarrt stehen. Das Schiff war nicht mehr da. Wo war es hin? In der Nacht kann es doch nicht fahren. Oder etwa doch? Sie schauten sich ungläubig an und ritten danach wieder zum Fürsten zurück.

Am Abend kamen die Boote zurück und brachten den Fisch an Land. Der Kaufmann war mit dem Schreiber und den Bewaffneten zur Übergabe da. Alle wollten wissen wo die Kogge war, aber keiner der Fischer hatte sie gesehen. Der Kaufmann war vollkommen verzweifelt. Wo waren seine Ware und sein Schiff? Er versuchte mit allen Mitteln zu erfahren, wer etwas wusste. Alle Drohungen und Bitten brachten nichts, keiner sagte etwas. Keiner wusste etwas.

Aus einem der Gärten sah man ein kleines Kind laufen, das eine der von Maria versteckten Münzen gefunden hatte und diese zu seinem Vater brachte. Der Kaufmann sah die Münze und war sich sicher, dass diese aus seiner Kasse stammte, aber wie kam diese hier in den Garten? Er ging dort hin, aber es war nichts mehr zu sehen. Nikolai sagte hinter ihm "Vermutlich hat sie ein Reisender aus der Tasche verloren. Wir hatten vor kurzem ein paar Kaufleute der Hanse hier bei uns in der Schänke zu Gast." der Kaufmann zuckte mit den Schultern und ritt wiederum zum Fürsten.

Nikolai sah ihm hinterher und atmete auf. "Das war aber knapp Maria." dachte er sich "Wir müssen vorsichtiger werden." dann ging er zurück zur Schänke, an deren Tür er Maria stehen sah. Er konnte die Angst in ihren Augen sehen und nahm sie kurz in den Arm. "Wir müssen uns etwas überlegen, wie wir das anders machen." sagte er leise und sie nickte, nun etwas erleichtert. Zusammen gingen sie in die Schänke hinein und setzten sich an einen der Tische.

Am nächsten Tag wollte Maria einen der Töpfe an eine Familie weitergeben, damit er nicht so neu aussah setzte sie ihn für ein paar Minuten auf das Feuer. So war er unten schön angerußt und sah gebraucht aus. Zusammen mit einem Bund von der Schafwolle brachte sie den Topf zu einer der Bäuerinnen, von der sie wusste, das diese vier Kinder zu versorgen hatte und für jede Gabe dankbar sein würde. Sie klopfte an die Tür und eines der Kinder, ein Mädchen vielleicht sieben Jahre alt, öffnete ihr. "Ist deine Mutter zu Hause?" fragte Maria und das Kind zeigte nur in den Garten. Maria ging um das Haus herum und sah die Bäuerin in dem Garten stehen.

Sie kannten sich vom sehen und begrüßten sich mit einem Kopfnicken. Maria zeigte den Topf und fragte "Kannst du den hier brauchen? Wir haben einen neuen in der Schänke und dieser hier wäre dann für dich." die Frau machte große Augen und dankte Maria für den schönen Topf. Maria entgegnete ihr "Kein Problem. Möchtest du auch noch diesen Bund Schafwolle, den mir ein Gast dagelassen hat?" die Frau nickte freudig. "Ich kann dir dafür aber nichts geben." sagte sie, doch Maria winkte ab und sagte "Schon gut. Wir müssen uns doch gegenseitig helfen." dann verabschiedete sie sich und ließ die überraschte und glückliche Frau mit Topf und Wolle in ihrem Garten stehen.

12. Kapitel

Eine Falle?

Es waren nun schon drei Koggen in der Bucht verschwunden. Niemand wusste was passiert war. Die Schiffe tauchten zwar später alle wieder wohlbehalten auf, aber die Besatzungen waren alle so eingeschüchtert und verwirrt, das sie kaum etwas erzählen konnten. Das was sie erzählten war nur eine wirre Geschichten voller Seemannsgarn, von Teufeln und Geistern, von großem Unheil in der Bucht. Keiner der Kaufleute glaubte ihnen auch nur ein Wort davon. Teile der Ladung fehlten, aber das konnte ja auch die Besatzung gewesen sein. Den Seeleuten wurde nicht viel Lohn gezahlt und es hätte ja sein können, dass einige Besatzungen die Geschichten von den Teufeln ausnutzen, um sich selbst die Taschen zu füllen.

Die Mannschaften der Koggen wollten schon nicht mehr in der Buch über Nacht bleiben, aber da die Kaufleute mit dem Fisch in Lübeck Handel treiben wollten, mussten sie dort liegen bleiben. Die Verluste für die Kaufleute wurden mit der Zeit immer größer. Der Fürst war sehr wütend und ungehalten über das, was da direkt vor seiner Nase auf der See passierte. Er wollte diesem Spuk ein Ende bereiten. Da es aber immer in der Nacht passierte, und sich seinen Wachen aus Angst nachts nicht heraus trauten, immerhin ging es da ja um Teufel, konnte er nichts ermitteln, was ein Licht in diese Sache gebracht hätte.

Immer wenn eine der Kogge über Nacht verschwand fanden die Kinder an den nächsten Tagen in den Gärten Münzen und es kam ein kleinerer Wohlstand wieder zurück in das, vorher fast verarmte, Dorf. Keiner konnte sich das erklären, aber es war so. Fielen die Münzen nachts vom Himmel? Waren es Sternentaler? Der Schreiber wurde immer Misstrauischer, alle Schulden und die Pacht der Schänke wurden pünktlich bezahlt. Er konnte sich das nicht erklären, aber irgendwie war da etwas faul an der Sache. Hatten die Münzfunde etwas mit den verschwundenen Koggen zu tun? Unterstützten die Teufel die Dorfbewohner? War da Hexerei im Spiel?

Dieser Sache wollte der Schreiber unbedingt nachgehen, nur wie, das wollte er sich noch überlegen. Mit einem der Kaufleute kam er überein, dass sie beim nächsten Mal besondere Münzen in die Kasse hineinlegen wollten. Es sollten ganz besondere goldene Münzen sein, sozusagen als eine Falle für die Teufel. Wenn sein Plan aufging, dann tauchten beim nächsten Mal diese Münzen zur Bezahlung der Pacht auf und dann wären es keine Teufel, sondern einfach nur Räuber gewesen und die würden dann bestimmt aus dem Dorf kommen, in dem die Münzen gefunden und wo dann damit bezahlt würde.

Bei ihrem nächsten Beutezug bekamen die Fischer nun genau, wie vom Schreiber geplant, diese Münzen in die Hände. Maria erkannte den Wert dieser Münzen sofort. Diese Münzen konnte sie nicht in den Garten legen. Sie nahm ein paar Münzen, die sie von der letzten Kogge übrig behalten hatte, und verteilte sie in den Gärten des Dorfes. Danach ging sie zu Nikolai in die Schänke und zeigte die wertvollen Münzen. Der kleine Schatz aus der Kogge war mehr Wert als ihr ganzes Dorf.

"Was machen wir den damit? Das ist so viel Geld. Ist das vielleicht eine Falle?" fragte Maria. Nikolai überlegte kurz, dann nahm er die Münzen an sich und ritt in die nächstgrößere Stadt. Dort tauschte er die Münzen gegen Brot, ein paar Kühe und andere kleine Münzen ein, mit denen er wieder in das Dorf zurück kehrte. Unterwegs verteilte er in den anderen Dörfern ebenfalls kleine Münzen in den Gärten, so wie es Maria in ihrem Dorf getan hatte. Die Kühe und das Brot verteilte er in ihrem Dorf nach seiner Rückkehr auf ein paar bedürftige Familien mit vielen Kindern. An diesem Tag fanden alle Bewohner der Dörfer an der Bucht Münzen, so wollte es Nikolai ab sofort immer machen. Die Falle des Schreibers und des Kaufmannes war nicht aufgegangen, weil Maria gut aufgepasst hatte.

Am nächsten Tag bat Andreas seinen Vater bei Nikolai vorzusprechen, ob er nicht Maria zur Frau nehmen konnte, um mit ihr eine Familie zu gründen, und Hein kam dieser Bitte auch sehr gern nach. Er setzte sich mit Nikolai an einen Tisch in der Schänke und nach zwei Krügen Wein waren sich die Väter einig. Maria wurde dabei nicht gefragt, so wie es üblich war, aber sie hatte auch nichts dagegen, im Gegenteil, sie hätte ihren Vater schon lange gefragt wenn ihr das möglich und erlaubt gewesen wäre. An diesem Abend traf sie wieder Andreas am Feuer vor der Schänke und die beiden fielen sich in die Arme wegen der guten Nachricht ihrer Väter. Damit war für Maria das Kloster keine Gefahr mehr, als verheiratete Frau musste sie dort nicht mehr hin.

Gern hätte sie ihre kleine Schwester Johanna bei der Hochzeit dabei gehabt, doch die war ja im Kloster gefangen und von da gab es kein Zurück in das Dorf. Einmal ins Kloster eingetreten war es für die Nonnen unmöglich wieder aus dem Kloster auszutreten und für Nonnen waren Aufenthalte außerhalb des Klosters, anders als für Mönche, die oft auf Missionarsreisen gingen, nicht gestattet. Nicht einmal über den Zaun konnten sie mit jemanden aus der Außenwelt reden, sie waren vollkommen isoliert hinter den Mauern ihres Klosters. Sie lebten dort drin nach dem Grundsatz Bete und Arbeite, waren zwar versorgt, aber auch verschlossen. Selbst das Lesen, das die Mönche im Kloster oft lernten zusammen mit dem Schreiben, durften die Frauen meist nicht lernen. Einige vornehme Frauen, die ins Kloster kamen und es schon konnten, brachten es heimlich den anderen Nonnen bei.

Die Hochzeit wurde am Sonntag darauf in der Kirche geschlossen sowie danach in der Schänke gefeiert und das ganze Dorf war dazu eingeladen. Es gab einen ganz besonderen Wein für das ganze Dorf, der jedem ganz besonders gut schmeckte. Nikolai hatte ihn für einen besonderen Anlass aufgehoben und dieser war ja nun durch Marias Hochzeit gegeben.

Am Strand vor der Schänke wurden von Olga an einem großen Feuer Fische gebraten und dann an die Gesellschaft verteilt. Auf der Feier traten auch ein paar Spielleute und Gaukler auf, die alle ganz vortrefflich unterhielten. Alle hatten Spaß, lachten und sangen. Nach der Feier zog Maria eine Hütte weiter und wurde von Heins Frau Gisela in ihrer neuen Familie willkommen geheißen.

Am Tage arbeitete sie weiter in der Schänke und nachts half sie den Männern bei ihren Beutezügen, ohne dass es jemand aus dem Dorf bemerkt hätte.

13. Kapitel

Noch eine Kogge

Langsam kam Routine in die Beutezüge. Alle im Boot wussten, was sie zu tun hatten und an diesem Abend wollten sie ihre fünfte Kogge überfallen. Alles lief wie immer ab und bis zum Verlassen der Kogge war alles in Ordnung gewesen. Als das Fischerboot zum Hafen zurück fuhr, und schon ein ganzes Stück von der sich entfernenden Kogge weg war, sahen sie hinter sich einen Feuerschein. Als Hein sich umdrehte sah er, dass das Schiff zu brennen begann. Vermutlich war in dem Schiff eine Kerze umgefallen. Hein erinnerte sich, dass eine Kerze in der Kabine des Kapitäns auf dem Tisch gestanden hatte. Durch die Dünung und das schwankende Schiff beim Verlassen der Bucht war sie vermutlich umgefallen. Dabei hatte sie ein Buch, das ebenfalls auf dem Tisch lag, entzündet.

Das Feuer breitete sich von der Kabine des Kapitäns immer weiter aus und die Fischer sahen, wie schon nach kurzer Zeit das ganze Schiff lichterloh brannte. Da war nichts mehr zu retten, sie waren schon viel zu weit weg. Als sie fast am Hafen waren hörten sie einen lauten Knall aus der Richtung in der das brennende Schiff lag. Andreas sah das Schiff mitten in der Bucht auseinander fliegen und brennend versinken. Irgendetwas von der Ladung der Kogge war explodiert, war es ein Fass mit Öl gewesen? Wer konnte das nun noch sagen. Diesmal konnten die Fischer die Spuren nicht so leicht verwischen und sie hatten auch noch die Leben der Seemänner von der Kogge auf ihrem Gewissen.

Die sechs Männer standen am Strand und schauten sich an. Das war nicht gut, aber wie konnten sie aus dieser Sache wieder raus kommen? Hein sagte "Es ist ein Zeichen Gottes. Wir sollten sofort aufhören damit." alle nickten betroffen und beteten für die Seelen der zehn getöteten Männer auf der Kogge. Maria trat zu den Männern und auch andere Bewohner aus dem Dorf waren durch den Knall geweckt worden und standen nun mit den anderen am Strand. Zum Glück hatten sich die Fischer vorher gesäubert und Maria hatte mit Olga zusammen schon die Beute unter Dach und Fach gebracht.

Im Fischerboot waren nur noch ein paar Truhen, die sie dann in die Scheune bringen wollten, wenn nicht mehr so viele Leute am Anleger standen. Jetzt wäre es zu auffällig gewesen und es hätte vielleicht Fragen gegeben. Die sechs Räuber fühlten sich, als würden sie von allen anderen angeschaut und mit Fingern auf sie gezeigt. Wie konnten sie mit dieser Schuld weiterleben?

Die brennende Kogge versank langsam immer mehr in der Bucht, nur der Mast schaute noch heraus. Auch als die Sonne aufging war der kahle, Segellose Mast noch mannshoch über der Wasseroberfläche zu sehen. Der Schreiber und der Kaufmann standen am Ufer und schauten auf das Wrack. "Waren das die Teufel gewesen? Oder war es ein Unfall auf dem Schiff?" fragte der Kaufmann. Schließlich hätte die Kerze ja auch so umfallen können, ohne dass jemand etwas dazu getan hätte. Dieser Sache wollten sie beide, im Auftrag des Fürsten, sofort nachgehen.

Ein paar Tage später kam aus Lübeck eine weitere Kogge und ankerte an der Untergangsstelle. Ein paar Männer tauchten dort, untersuchten das unter Wasser liegende Schiff und versuchten zu Bergen was noch zu Bergen war. Bereits am Nachmittag wussten sie, dass dieses Schiff auch überfallen worden war. Die Taucher hatten nur leere Kisten und Truhen gefunden. Der Inhalt lag ja in Nikolais Lager hinter der doppelten Wand.

Nun war also klar, dass die Schiffe in dieser Bucht in der Nacht überfallen wurden. Was konnten die Kaufleute der Hanse unternehmen, um ihre Schiffe, vor allem aber die kostbare Ladung, zu beschützen? Für die sechs Fischer wurde es immer gefährlicher in der Bucht. Sollten sie aufhören oder weitermachen mit ihren Beutezügen? Am Abend setzten sie sich an ein Feuer, das Andreas am Strand gemacht hatte, und berieten sich, wie es weiter gehen sollte. Immer wieder ging ihr Blick vom Feuer zu dem, wie ein Mahnmal aufragenden, Mast an der Untergangsstelle der Kogge.

Über kurz oder lang würden sie erwischt werden, da waren sie sich alle einig. Aber sie mussten weiter machen, nicht nur in ihrem Dorf waren alle auf die Beutezüge angewiesen. Mittlerweile versorgte Nikolai alle Dörfer der Bucht mit den erbeuteten Münzen. Sie würden nun noch vorsichtiger zu Werke gehen müssen und beim Verlassen der Schiffe lieber einmal mehr nachschauen, ob alles in Ordnung war. Das Leben der Seeleute war zwar an jedem Tag in Gefahr, den sie auf See waren, aber geschützt in der Bucht sollten sie sicher sein.

"Wie lange können wir das noch machen?" fragte Hein "Wie viele Koggen können wir noch ausplündern, bevor sie uns fassen und wegen dieser, unserer Seeräuberei alle hinrichten werden?" "Wir sollten versuchen mit dem erbeuteten Geld etwas aufzubauen, womit wir dann Leben können, wenn wir aufhören die Schiffe zu überfallen." antwortete Andreas, als der jüngste im Kreise der Fischer. Alle am Feuer nickten. "Wenn wir das Geld in Vieh anlegen, dann nimmt uns der Fürst das Vieh wieder weg. Legen wir es als Geld zurück, dann nimmt er uns das Geld." antwortete Nikolai "Also was machen wir?"

Alle überlegten still und schauten vor sich in das Feuer. Maria, die gerade dazu gekommen war, setzte sich zu den Fischern und sagte "Lasst uns doch größere Schiffe bauen. Damit könnt ihr viel mehr

Fisch fangen und auch die Abgabe für den Fürsten ganz leicht bezahlen." Die Fischer schauten sie an, darauf waren sie noch nicht gekommen. Am nächsten Tag wollte Hein in das Nachbardorf reiten und dort ein großes Schiff in Auftrag geben. Das Geld dafür würden sie aus dem letzten Beutezug nehmen. Noch drei oder vier Koggen und sie würden aufhören. Danach würde sich alles beruhigen und die Teufel würden für immer verschwinden.

Jetzt da man sich einig war, und einen guten Plan hatte, standen alle freudig auf. Sie verabschiedeten sich von einander und gingen wieder für eine kurze Nacht in ihre Hütten zurück. Nur Maria und Andreas saßen noch für eine Weile am Feuer, bis es ganz herunter gebrannt war. Andreas legte Maria eine Decke um die Schultern und nach einer ganzen Weile des Still neben einander Sitzens gingen sie schließlich zu Bett.

14. Kapitel

Der Zorn der Hanse

Bei einem der Überfälle hatten sie ein paar Schwerter erbeutet und diese nahmen sie bei ihrem nächsten Überfall mit. Als sie gerade auf die Kogge geklettert waren standen sie plötzlich ein paar bewaffneten Männern gegenüber. Es entbrannte ein heftiger Kampf auf dem Schiff. Fünf bewaffnete Kämpfer der Hanse mit Schwertern gegen fünf halbnackte Fischer die ihnen, ebenfalls mit Schwertern, gegenüber standen. Hein kämpfte mit einer solchen Verbissenheit und Rücksichtslosigkeit, dass er die Kämpfer fast alleine zurückdrängte. Dabei ging einer der Kämpfer über Bord und versank sofort mit seinem Kettenhemd im Wasser.

Andreas sprang sofort hinterher und holte ihn wieder an die Wasseroberfläche, alle Kämpfer der Hanse stellten den Kampf daraufhin ein. Drei der Kämpfer des Schiffes waren verletzt, die Fischer entwaffneten sie und brachten sie unter Deck, wo sie sie fesselten. Dann zogen sie, zusammen mit Andreas, den fünften Kämpfer aus dem Wasser, er hatte sein Kettenhemd abgelegt, sonst wäre er erneut unter Wasser geraten.

Die fünf Fischer brachten nun auch die Besatzung unter Deck und nachdem sie alle gefesselt hatten brachten sie die Beute aufs Deck. Danach verschlossen sie den Laderaum wie immer und ließen das Schiff wieder aus der Bucht treiben. So als wäre der Kampf gerade eben nie passiert. Als sie wieder auf dem Steg standen sagte Andreas zu Hein "Die Hanse bereitet sich anscheinend auf uns vor. Beim nächsten Mal könnten es viel mehr Kämpfer sein und dann haben wir vielleicht nicht mehr so ein Glück wie heute Nacht." Hein nickte nur dazu und wendete sich zu seinem Haus um. Bevor er losging sagte er zu Andreas über die Schulter "Solange uns unser Glück nicht verlässt geht es. Wir brauchen nur noch drei Koggen, so wie heute, und dann werden die Teufel für immer verschwinden."

"Also müssen wir noch dreimal Glück haben." rief Andreas seinem Vater hinterher und schüttelte den Kopf. Sein Blick ging zum Himmel hinauf und leise für sich selbst betete er, dass sie das Glück nicht verlassen würde.

Solange die Hanse nur von See aus und nur auf den Schiffen ihre Kämpfer hatte, konnten sie noch gewinnen. Was würde aber passieren, wenn der Fürst zum gleichen Zeitpunkt auch an Land mit seinen Kämpfern sein würde? Dann wären sie mit ihrem Fischerboot zwischen den Kämpfern gefangen, dann könnten sie nicht mehr an Land und das Schiff könnten sie, wenn genug Kämpfer darauf waren, auch nicht entern. All diese Befürchtungen sagte Andreas seiner Frau lieber nicht. Maria wartete an der kleinen Scheune, die nun schon seit ein paar Monaten ihr Beutelager war.

Jeden Tag saßen der Schreiber und manchmal auch die Kaufleute nur ein paar Meter von der Beute entfernt, die sie überall suchten. Nikolai und Maria überlegte sich, ob das wirklich klug war, die Waren hier direkt unter deren Augen zu verstecken. Anderseits war man bisher sehr gut damit zurecht gekommen. Der Schreiber suchte überall danach, aber auf den Gedanke, dass die gesuchte Beute praktisch hinter seinem Stuhl stand, kam er nicht. Die doppelte Wand mit den Fässern verbarg selbst dann die Beute, falls doch einmal einer diese Scheune betreten würde. Gefährlich würde es nur werden, wenn jemand überprüfen wollte, warum die Scheune von außen doppelt so lang war wie von innen.

Maria versuchte immer wieder Teile der Beute im Dorf zu verteilen, aber sie musste dabei sehr vorsichtig sein, schon ein Zufall oder ein unbedachtes Wort, und sei es nur von einem Kind, konnte ihr aller Leben beenden. Zusammen mit Nikolai war sie dazu übergegangen erbeutete Dinge in kleine Stoffsäckchen zu packen und nachts vor die Türen der Häuser hier im Dorf oder in den Nachbardörfern zu platzieren. Am Sonntag in der Kirche spendeten sie einen Teil der Münzen, damit Gott bei ihnen die Hand schützen über sie hielt. Bisher hatte das gut geklappt.

Auch in dieser Nacht zog Maria mit ihren Säckchen wieder los, als sie in der Nähe Hufschlag hörte. Schnell drückte sie sich an eine Hütte in den Schatten und wartete was passieren würde. Zwar stand der Vollmond groß über der Hütte, aber sie konnte von ihrem Platz aus nichts sehen, nur die Pferde hörte sie, die immer näher zu kommen schienen. "Wer reitet den Nachts?" fragte sie sich in Gedanken, als sie auf dem kleinen Weg zwischen den Hütten den Schreiber mit ein paar Bewaffneten sah. Noch enger drückte sie sich an die Hauswand in den Schatten des Mondlichtes. Auf einmal glitt langsam die Tür hinter ihr auf und eine Hand zog sie schnell in die Hütte hinein.

Die Bäuerin legte Maria die Hand auf den Mund, damit sie vor Schreck keinen Laut von sich gab und zusammen standen sie im Dunkeln und warteten bis die Reiter vorüber waren. Als das Hufgetrappel vorüber war sagte die Bäuerin zu Maria "Ich danke dir für all die Gaben die du mir immer vor die Hütte legst, aber sei vorsichtig." Maria nickte dankbar und umarmte die Bäuerin, bevor sie wieder aus der Hütte schlich, zuvor ließ sie noch eines der Säckchen bei ihr zurück.

Als sie wenig später wieder zu Hause war weckte sie Andreas, der in Bett lag und erzählte ihm von der nächtlichen Patrouille, die nur sie und die Bäuerin gesehen hatte. Zusammen gingen sie in das Zimmer von Andreas Eltern und weckten Hein, zu dritt gingen sie zu Nikolai und setzten sich in den Gastraum der Schänke. Olga kam schlaftrunken dazu und heizte das Feuer im Kamin an. "War das nun nur ein Zufall, dass die hier lang geritten sind?" fragte Hein "Wollten die irgendwo hin? Oder reiten die jetzt jede Nacht?" Maria entgegnete "Heute war doch gar kein Schiff da. Für morgen wird aber auch keines erwartet. Oder?" Alle schüttelten den Kopf.

"Ich werde das die nächsten Nächte überprüfen." sagte Maria und alle stimmten zu. "Wir müssen nun erst mal mit dem Verteilen aufhören, solange wie wir nicht wissen ob es Zufall war." sagte ihr Nikolai und auch Olga mischte sich nun in das Gespräch ein "Wir müssen so eine Art von Alarmdienst einrichten, wenn ihr auf See seid. Dann können wir euch warnen. Dazu brauchen wir ein besonderes Zeichen." Hein antwortet ihr "Wir haben schon ein Zeichen. Wenn Maria das Feuer löscht, das uns in den Hafen zurück führen soll, so wissen wir, dass es gefährlich ist und fahren auf die offene See hinaus." "Genau so machen wir das." sagten alle zustimmend.

15. Kapitel

Wer ist schneller?

Es hatte einen Monat gedauert bis Hein das neue Boot endlich abholen konnte. In dieser Zeit waren die Koggen nur Tagsüber da gewesen, so dass sie nicht auf Kaperfahrt gehen mussten und konnten. Hein und Andreas ritten zusammen mit Nikolai zu der kleinen Werft im Nachbardorf. Nikolai sollte die Pferde wieder mit zurück nehmen. Die beiden Fischer wollten das neue Boot gleich ausprobieren und mit ihm in ihr Dorf zurück segeln.

An der Werft angekommen betrachteten sie das Boot, das noch auf dem Land lag, ausgiebig. Es war sehr schön und sehr viel größer als ihr altes Boot. Als sie die Münzen übergeben hatten wurde das Boot zu Wasser gelassen. Der Pfarrer segnete das Boot und die beiden Fischer setzten sofort das Segel. Hein steuerte erst mal auf die offene See hinaus, um zu sehen, wie das Boot auf den Wind und das Ruder reagierte. Es lag etwas tiefer im Wasser, da es ja auch größer und schwerer war, aber durch das größere Segel kam es viel schneller voran.

Sie pflügten förmlich durch das Wasser, bereits nach kurzer Zeit waren sie in den Fanggründen und drehten danach zu ihrem Heimathafen um. Unterwegs überholten sie ein paar von den Fischern aus ihrem Dorf, die gerade mit vollem Fang zurück fuhren. Hein grüßte jeden, an dem er vorbei fuhr, mit einem Nicken. Die beiden waren vor allen anderen, und sogar vor Nikolai mit den Pferden, wieder in ihrem Dorf. Sie saßen schon in der Schänke als Nikolai die Pferde an ihnen vorbei in den Stall brachte.

Als er lächelnd in die Schänke kam sagte Hein zu ihm "Das Boot fliegt wie ein Blitz dahin. Es ist richtig schnell." Nikolai holte drei Krüge Wein und setzte sich zu den beiden an den Tisch. Die anderen Fischer kamen, nach ihrem Fang, nach und nach alle ebenfalls in die Schänke und Heins neues Boot war bei allen das Gesprächsthema. Alle fragten ihn, wie schnell das Boot war, wie viel Fisch hinein passte und alles, was man sonst noch über ein Boot wissen konnte oder wollte. Einige Fragen konnte Hein beantworten, aber einiges wollte er erst am nächsten Tag ausprobieren. Erst mit einem voll beladenen Boot konnte er sehen, wie schnell es wirklich war und ob sich der Kauf für ihn gelohnt hatte.

Um dies herauszufinden schlossen Hein und ein anderer Fischer eine Wette für den nächsten Tag ab. Sie wollten zugleich hinausfahren und dann, wenn das Boot mit Fisch gefüllt war, wieder so schnell wie möglich zurück fahren. Hein wettete, dass er zum selben Zeitpunkt, mit doppelt so viel Fisch, wieder im Hafen sein würde und der andere Fischer nahm diese Wette an. Nikolai sollte diese Wette überwachen und kontrollieren, ob Hein wirklich doppelt so viel Fisch haben würde.

In dieser Nacht musste Nikolai früh aufstehen, um die Fischer zu kontrollieren, die hinausfuhren, dass die beiden Boote auch wirklich zusammen den Anleger verließen. In jedem Boot waren jeweils vier Fischer, die anderen standen am Anleger und schauten auf die beiden Boote, die sich nun schnell auf die offene See hinaus bewegten. Zusätzlich zum größeren Boot hatte Hein auch ein größeres Netz mitgenommen und mit jedem Auswerfen des Netzes holte er auch viel mehr Fische an Bord. Alle vier Fischer griffen kräftig in das Netz und schon bald füllte sich der Laderaum. Würde er wirklich doppelt so viele Fische in sein Boot nehmen können?

Beide Boote fischten in unterschiedlichen Bereichen, so dass keiner den andern sehen konnte und somit auch nicht wusste, wann der andere in der Bucht wieder zurück sein würde. Als Hein wieder zurück fuhr, sah er das andere Boot in einigem Abstand vor sich her fahren. Der Andere war früher fertig geworden mit seinem Fang. Heins Boot war durch den Fisch viel schwerer als das andere, hatte aber durch das größere Segel auch viel mehr Antrieb. Langsam holte er auf, Meter für Meter näherte er sich dem andern Boot und als sie den Steg erreichten waren beide Boote gleichauf.

Hintereinander, so wie sie losgefahren waren, legten sie auch wieder an. Nikolai stand auf dem Anleger, während beide Boote den Fisch in die Kisten entluden. Der Schreiber kontrollierte ebenfalls und schrieb den Fang mit auf. Langsam wuchsen die Kistenstapel neben den Booten in die Höhe. Nachdem das eine Boot schon komplett entladen war standen alle Fischer an Heins Boot, der immer noch Fisch in die Kisten stapelte.

Laut zählten alle Fischer die Kisten mit und als Hein den letzten Fisch hochhielt hatte er eine Kiste mehr als das doppelte des anderen Fanges. Er hatte die Wette gewonnen, alle klopften ihm auf die Schulter und bestaunten das neue Boot. Nach der gewonnenen Wette gab Hein in der Schänke eine Runde für alle aus. Nikolai und Maria hatten alle Hände voll zu tun, um die Krüge immer wieder nachzufüllen.

Alle wollten nun so ein schnelles Boot haben und Hein versprach allen, sie zu unterstützen. Ihm blieb ja nun viel mehr Fisch und damit auch viel mehr Geld übrig. Bereits am nächsten Tag gab er das zweite Boot für den Fischer in Auftrag, der am vorherigen Tag in der Wette unterlegen gewesen war. Nach und nach wollten alle Fischer die größeren Boote haben, der Schreiber und der Fürst waren ebenfalls positiv dafür eingestellt. Sie konnten so auch auf viel mehr Fisch hoffen. Wenn die Fischer mehr fingen, konnten sie auch mehr abgeben und hatten auch noch Fisch für ihre Familien übrig.

Auf diese Art und Weise war allen geholfen. Und dass das Geld für die Boote durch die Raubzüge der Piraten erbeutet wurde, sagten sie aber lieber niemanden. Als dann einen Monat später auch das zweite Boot in Empfang genommen werden konnte, hatte Hein sein Boot schon so gut im Griff, das er sich nun zutraute, auch am Tage auf Beutezug zu fahren. Die anderen, allen voran Nikolai, rieten ihm aber eindringlich davon ab. Ihre Tarnung als Teufel, die sie ja immer noch hatten, wäre am Tag völlig nutzlos gewesen.

Nach langen Hin und Her stimmte Hein schließlich zu. Die Besatzung des zweiten Bootes konnte aber von ihm für die Beutezüge als Verstärkung gewonnen werden und wurde zur Verschwiegenheit verpflichtet. Nun war den andern klar, woher Hein das Geld für die beiden Boote gehabt hatte.

16. Kapitel

Nachts im Sturm

Sie waren jetzt zu neunt in einem viel größerem Boot und sie trauten sich nun auch außerhalb der Bucht nachts an die Koggen heran. Am Tage sahen sie, wo die Koggen lagen und nachts fuhren sie dann an die Liegeplätze heran. In einem immer größer werdenden Bereich tauchten die Teufel auf und die Hanse musste sich immer mehr vorsehen. Bewaffnete Kämpfer waren jetzt auf fast allen Schiffen mit drauf, doch da es jetzt neun Teufel waren konnten sie es auch mit viel mehr Bewaffneten aufnehmen. Die Kosten für die Hanse, die ja die Kämpfer bezahlen musste, stiegen immer mehr an und dadurch schrumpfte der Gewinn des Handels mit dem Fisch.

Die Hanse wollte daher ein für alle Mal mit der Seeräuberei Schluss machen und setzte auf einen Köder, mit dem sie die Teufel fangen wollte. Ein ganz besonderes Schiff, das keine Ladung hatte, sondern nur bewaffnete Kämpfer und das so ankern sollte, dass die Seeräuber es einfach überfallen mussten. Ging der Plan der Hanse auf?

In einer klaren Vollmondnacht fuhren die neun Fischer wieder zu einer Kogge hinaus, doch diesmal waren viel mehr Bewaffnete an Bord als sie gedacht hatten. Es war das als Köder ausgelegte Schiff der Hanse. Im Schein des Vollmondes hatte Nikolai das Blitzen der Schwerter sowie Helme gesehen, bevor sie an Bord gingen und so konnten sie ungesehen wieder abdrehen.

Als sie schon ein kleines Stück von dem Schiff weg waren sah sie der Ausguck im Krähennest und dieser Alarmierte, mit einem lauten

Zuruf, die ganze Besatzung des Schiffes. Er rief so laut, das selbst Andreas am Bug des Fischerbootes den Ruf hören konnte.

Als sich die Fischer umsahen bemerkten sie, dass die Kogge den Anker einholte und gerade das Segel gesetzt wurden. Schnell ließ auch Hein das Segel setzen und nutzte seinen Vorsprung aus, um sein Boot in Sicherheit zu bringen. Würden sie schnell genug wieder in der Bucht sein?

Maria wartete am Strand als eine der Bäuerinnen, die heute die Kontrollrunde mit ihr machte, bemerkte, dass sich Pferde dem Dorf näherten. Schnell löschten die beiden Frauen das Feuer und setzten sich danach im Mondschein auf den Anleger. Sie ließen die Füße ins Wasser hängen und taten so, als ob sie das jede Nacht machten. Sie unterhielten sich über den Garten und die Kinder, während der Schreiber, mit zehn Bewaffneten, auf den Anleger kam. Er ging direkt auf die beiden Frauen zu und fragte sie, was sie da machten. Die beiden Frauen schauten sich an und Maria sagte dann zu ihm "Wir sitzen hier und unterhalten uns. Ist das jetzt verboten?" die zehn Bewaffneten Kämpfer stellten sich hinter ihnen auf.

Olga sah aus der Schänke, was sich da auf dem Anleger tat und holte die anderen Bäuerinnen. Zusammen mit ein paar Fischern stellten sie sich nun ihrerseits hinter die Bewaffneten und es entbrannte ein Streitgespräch auf dem Anleger im Mondlicht. Maria bemerkte, dass sich der Himmel langsam zuzog und die Wolken sehr schnell unterwegs waren. Sie rief aus "Da kommt ein Sturm auf." und alle schauten auf die See hinaus. Da die Schänke offen war liefen alle, Fischer, Bäuerinnen und bewaffnete Kämpfer, in die Schänke hinein und setzten sich an die Tische. An der Tür stand Maria und sah wie die Wellen der See aufgepeitscht wurden, die Brecher des Sturmes den Anleger mit Wasser überspülten.

Das Boot war noch draußen und jetzt, mit dem Schreiber und den Kämpfern im Dorf, konnte es auch nicht anlegen. Still betete sie um Hilfe für die Gefährten im Boot. Olga trat zu ihr und gemeinsam übernahmen sie die Bewirtung der in der Schänke sitzenden Frauen und Männer.

Am Eingang der Bucht bemerkte Andreas, dass das Feuer aus war. Es war also etwas passiert und sie konnten nicht im Hafen anlegen. Er machte Hein darauf aufmerksam, doch der schaute nur besorgt abwechselnd zum Himmel und auf die sie verfolgende Kogge. Beide Schiffe waren gleich schnell und so blieb der Abstand immer gleich groß. Konnten sie in diesem Sturm einen Vorteil aus ihrer Ortskenntnis ziehen? Er zog das Boot durch die schäumende See, die Brecher ließen das Boot schaukeln, aber es lag gut in der See. Auch die Kogge hinter ihnen hatte schwer mit der See zu kämpfen.

Hein zog mit dem Boot entlang der Insel, sein Vorteil war, dass sein Boot nur halb so viel Tiefgang hatte, wie die Kogge hinter ihm. Wo war eine Stelle, die er dafür nutzen konnte seinen Verfolger abzuschütteln? Er überlegte für sich und dann kam ihm die kleine Sandbank wieder in den Sinn. Bei ruhigem Wetter lag sie nur etwa eine Handbreit unter der See, aber bei diesem Sturm musste es reichen für sein Boot. Er musste nur genug Schwung aufnehmen und dann würde es bestimmt reichen. Entschlossen und Betend nahm er den Kurs auf, der ihn Retten oder ins Verderben bringen konnte, aber er war zu allem entschlossen.

In der Schänke saßen alle zusammen und hörten den Sturm um das Haus heulen. Maria hatte alle Fenster und Türen dicht verschlossen, Olga hatte das Feuer im Kamin entfacht. Alle wärmten sich am Feuer und ab und zu lauschten sie auf die Geräusche des Windes. Fast die ganze Bevölkerung des Dorfes saß in der Schankstube, selbst ein paar kleine Kinder hatten sich dazu gesetzt. Maria betete immer noch, dass den Neun im Boot, draußen auf See, nichts passieren würde, aber helfen konnte sie ihnen nicht. Als der Sturm wieder abflaute gingen alle wieder nach Hause. Auch der Schreiber und die Kämpfer machten sich auf den Weg in das nächste Dorf. Maria lief schnell zurück zum Stand, wo die See nun ganz ruhig dalag. Sie entfachte das Feuer neu und setzte sich betend daran.

Nachdem Olga die Schänke verschlossen hatte ging sie zu der am Strand im Mondlicht sitzenden Maria. Nichts erinnerte mehr an den noch vor kurzem tobenden Sturm. Die See lag ganz glatt da, der Mond spiegelte sich in der Oberfläche und auch die Boote lagen ganz still am Anleger. Nur eines fehlte noch. Bald schon mussten die Fischer wieder auf See um ihr Tagwerk zu beginnen und die Neun waren immer noch unterwegs. Die beiden Frauen beteten für ihre Männer und deren glückliche Rückkehr.

17. Kapitel

Schiffbruch

Unmittelbar vor sich sah Hein die Sandbank liegen. Nur der Schaum verriet die unter der See liegende Gefahr. Alle Fischer kannten diese Stelle und er konnte nur hoffen, dass keiner auf der Kogge hinter ihm darüber Bescheid wusste. Gleichzeitig hoffte er auch, dass die aufgepeitschte See ihr Boot darüber hinweg schieben würde.

Alle im Boot hielten den Atem an, so als ob das kleine Fischerboot dadurch leichter werden würde. Mit einem schleifenden Geräusch rutschte das Schiff über die Barriere und glitt ins tiefe Wasser. Alle drehten sich um und schauten auf den gar nicht mehr so weit entfernten Verfolger. Mit einem Knirschen setzte die Kogge auf und stoppte sofort. Alle an Bord wurden von den Füßen gerissen und versuchten sich irgendwo festzuhalten, um nicht von Bord zu fallen. Die Kogge kippte leicht zur Seite und der Sturm zerrte an ihr.

Wie zum Beweis für die Richtigkeit ihrer Taten hörte der Sturm genau in diesem Moment auf. Die Wolken verzogen sich und der Mond schien auf die Kogge herunter. Hein drehte im tieferen Wasser um und fuhr an der Kogge vorbei in Richtung der heimatlichen Bucht zurück. Auf der Kogge wurde alles gesichert, falls der Sturm zurück kommen sollte.

Als Hein in die Bucht einbog sahen sie das Feuer am Strand und wussten, dass sie bedenkenlos anlegen konnten. Wieder auf dem Anleger bedankten sich die Fischer und die beiden Frauen bei Gott für die Unterstützung. Sie hatten zwar keine Beute gemacht, waren aber unbeschadet am Leben geblieben. Alle gingen für eine sehr kurze Nacht ins Bett, bevor sie wieder zum Fang zurück auf See mussten.

Als am Morgen die Sonne über der Bucht aufging konnte der Fürst direkt von seinem Fenster aus das immer noch schräg stehende Schiff unweit vor sich sehen. Er konnte direkt auf das Deck schauen und sah die Kämpfer die dort saßen und darauf warteten gerettet zu werden. Auf seine Anweisung hin fuhren sofort Boote an den Rand der Sandbank und nahmen die Kämpfer auf, die dann an Land gebracht wurden. Wie sollte man aber nun das Schiff wieder von der Sandbank bekommen?

Am Strand, fast auf Rufweite des Schiffes, redeten einige Fischer mit den Kaufleuten und schlugen vor, das Schiff auszugraben. Für den nächsten Tag ließ der Fürst alle Fischer der Bucht, also auch Hein und die anderen aus dem Dorf, in seinen Hafen bestellen. Sie sollten erst das Schiff frei graben und danach mit vereinten Kräften aller die Kogge von der Sandbank ziehen.

So viele Fischerboote hatte der kleine Hafen noch nie gesehen. Alle Fischer standen mit Schaufeln in dem etwa knietiefen Wasser und versuchten den Sand unter der Kogge hervor zu schaufeln. Immer wenn eine Schaufel Sand weggenommen worden war rutschte vom Rand wieder eine Schaufel nach. Sie schaufelten schon ein paar Stunden ohne einen erkennbaren Erfolg zu haben. Vom Eingang der Bucht näherten sich nun zwei Koggen von denen Seile mit dem Boot zu den Fischern gebracht wurden.

Die Fischer übergaben die Seile an die feststeckenden Kogge und dort wurden die Seile befestigt. Die Fischer besetzten nun auch die Fischerboote und befestigten diese ebenfalls an den Seilen. Mit der gemeinsamen Kraft der Segel und Ruder der Fischerboote, sowie der beiden Koggen versuchten sie das Schiff von der Sandbank zu ziehen. Die Seile spannten sich, doch nichts passierte. Alle legten sich mit voller Kraft in die Riemen und auch der Wind wehte in die richtige Richtung.

Mit einem schmatzenden Geräusch begann sich das Schiff langsam zu bewegen und auf einmal gab es einen Ruck durch alle Boote. Die Kogge richtete sich auf und schwamm wieder frei. Alle Fischer jubelten, die Arbeit des ganzen Tages hatte sich gelohnt und langsam ging es schon auf Abend. Die Seile wurden wieder gelöst, alle Fischerboote fuhren zu ihren jeweiligen Dörfern zurück, die drei Koggen blieben über Nacht im Hafen vor der Sandbank liegen. Im Dunkeln wollte man nicht noch einmal das Schiff festfahren.

Da der Fürst nun drei Koggen hatte, und auch noch genügend bewaffnete Männer, konnte er mit einem Transport seinen gesamten Fisch zur Hanse nach Lübeck senden. Alle drei Schiffe wurden voll Fisch gepackt und fuhren als Konvoi wieder die Bucht hinaus auf die offene See. Hein sah an seinem Anleger die drei Schiffe an sich vorbei ziehen, als er am Nachmittag seinen Fisch auslud. Da der Schreiber auf dem Anleger stand konnte er noch nicht mal darüber fluchen, sondern musste gute Miene zum bösen Spiel machen.

Der ganze Fisch war somit auf dem Weg nach Lübeck und für mindestens einen Monat musste keine Kogge mehr in die Bucht fahren. Weiter draußen würde auch keine ankern und sie würden damit keine Beute machen können. Gerade jetzt wo Hein das Geld für die nächsten Boote ganz dringend brauchte, konnte er nicht mit zusätzlichen Einnahmen rechnen. Alles musste durch den Fisch abgedeckt werden und der Fürst hatte gerade die Fangquote für die großen Boote angehoben. Es blieb zwar immer noch Fisch übrig, aber nicht mehr so viel wie sie gebraucht hätten.

Am Abend, am Feuer, saßen die Verschwörer und Seeräuber. Sie schauten aufs Meer hinaus und außer ein paar Scherzen von Andreas, dass sie nun in der nächsten Zeit mal nachts schlafen konnten, erhellte nichts die Stimmung der Männer und Frauen. "Sollen wir weiter hinaus fahren?" fragte Hein in die Runde und alle überlegten "Weiter hinaus fahren bedeutet auch, dass wir einen weiteren Weg hinaus sowie danach auch wieder zurück haben." antwortete Andreas "Wir müssen ja mit den anderen zum Fang hinaus, sonst fällt das auf." Nikolai nickte und antwortete "Durch das große Boot müssen wir nur noch einmal fahren, aber die Zeit ist wirklich knapp bemessen."

Langsam brannte das Feuer nieder und da es schon Herbst wurde, war es auch schon etwas kälter hier am Strand. Sie gingen in die Schänke, die Nikolai für sie öffnete, und setzten sich an einen der Tische. "Reicht das nicht, was wir bisher erbeutet haben?" fragte Maria und Hein antwortet ihr "Für uns schon, aber wir müssen die neuen Boote noch bezahlen." Alle wussten, dass das der Punkt war. "Wenn das so ist, müssen wir den Gürtel enger schnallen, bis wieder Koggen in die Bucht kommen." sagte Andreas und alle stimmten ihm zu.

18. Kapitel

Und wieder Not?

Den Gürtel enger schnallen, das hatte sich so leicht gesagt. Nun war der erste Monat vorbei und es fehlte das Geld an allen Ecken und Enden. "Mit ehrlicher Arbeit kommt man zu nichts." war der Stoßseufzer von Hein jeden Abend am Anleger, wenn er darauf sah, wie wenig Fisch für ihn übrig blieb, nachdem er alles abgegeben hatte. Die neuen Boote, die sie in einer Zeit des Überflusses bestellt hatten, konnten sie nun abholen. Die mussten aber auch bezahlt werden.

Selbst die Besuche in der Schänke nach der Arbeit wurden immer rarer, was Nikolai beim bezahlen der Pacht deutlich merkte. Wenn da nicht der erbeutete Wein gewesen wäre, hätte er seine Schänke schon lange verloren. Nur die kleinen Gärten warfen noch genug Gemüse ab, so dass niemand hungern musste, aber gut leben konnte man davon nun wirklich nicht. Die Fischer fragten sich, wozu sie neue, größere Boote brauchen sollten, wenn dann doch nicht viel mehr für sie übrig blie,b als mit den alten, kleinen Fischerbooten.

Um diese Zweifel von Anfang an zu zerstreuen setzte der Fürst eine größere Fangquote für alle fest, so dass beim Fang der kleinen Boote fast gar kein Fisch mehr für die Fischer blieb. Für alle im Dorf wurde Fisch zu einer Luxusspeise und das obwohl er praktisch vor ihrer Nase in der See schwamm. Vom Anleger aus konnte man die Fische sehen, nur auf den Tellern und in der Schüssel wurde der Fisch knapp.

Da es auch noch mitten im Herbst war wurden nun auch noch die Stürme auf See häufiger und es gab Tage, da konnte man gar nicht zum Fischen hinaus fahren. Alle im Dorf sehnten sich nach der Zeit zurück, die gar nicht lange her war. Als dann endlich wieder die erste Kogge an Heins Fischerboot vorbei in den Hafen fuhr atmeten alle Sicht- und hörbar auf. Selbst die, die nicht wussten, dass die Seeräuber in ihrem Dorf lebten, schöpften aus der Ankunft des Schiffes neue Hoffnung.

Vorerst fuhren die Koggen nur am Tage, aber das würde sich bestimmt bald schon wieder ändern. Alle im Dorf fassten frischen Mut und unsere Neun saßen wieder abends am Feuer und schauten voller Tatendrang aufs Meer hinaus. An einem dieser Abende sahen sie im Mondlicht den Schatten einer Kogge in der Bucht liegen. Ohne großes Nachdenken machten sie sich bereit, um zu dieser Kogge hinaus zu fahren.

Als sie dann den Laderaum betraten sahen sie, dass diese Kogge schon den Fisch geladen hatte. Ohne nennenswerte Beute, nur mit der Kasse des Kaufmannes, machten sie sich enttäuscht wieder auf den Rückweg zu ihrem Anleger. Sie hatten zwar ein paar Münzen erbeutet, aber mit diesen mussten sie ihre Schulden in der Werft abzahlen. Nikolai brachte das Geld am nächsten Tag dort hin. Erbeutet hatten sie nicht viel. Hatte sie ihr Glück verlassen?

Am Sonntag beteten die Neun in der Kirche dafür, dass sie wieder Glück auf See hatten. Aber konnte man in einer Kirche dafür beten bei der Seeräuberei etwas Brauchbares zu erbeuten? Stand nicht in der Bibel "Du sollst nicht stehlen?" konnte man nicht mit einer ehrlichen, gottgefälligen Arbeit seine Familie ernähren? Alle Männer stellten sich diese Frage, auch Andreas der mit Maria im nächsten Frühjahr ein Kind haben würde. Aber nur, wenn sie bis dahin nicht verhungert waren. Oder von der Hanse gefangen.

„Was ist mein Weg hier in dieser Zeit?" fragte sich Andreas jeden Tag, wenn er zum Fischen hinaus fuhr. Diese Räuberei musste aufhören, aber sie waren mittlerweile viel zu tief darin verstrickt. Vor längerer Zeit hatte Hein noch gesagt "Noch drei Koggen, dann hören wir auf." mittlerweile waren es schon wieder fünf überfallene Schiffe und ein Ende war nicht abzusehen. An irgendeiner Stelle musste Schluss sein und Andreas dachte sich "Wenn wir nicht bald Schluss machen, wird Gott dafür sorgen, dass wir Schluss machen müssen."

Jeden Abend versuchte er die anderen zu überzeugen und jeden Abend wurden seine Befürchtungen von den anderen abgetan, seine Zweifel zerstreut. Mit jeder überfallenen Kogge stieg das Risiko des Scheiterns. Jeder Kaufmann wollte diese Teufel lieber Heute als Morgen Tot sehen. Andreas hatte gehört, dass eine Fangprämie ausgesetzt werden sollte. Wenn sie hoch genug sein würde, dann würde sie ein jeder verraten, der etwas wusste. Die Teufel mussten ihr Werk beenden, bevor sich einer der Dorfbewohner die Prämie holen wollte.

Immer wieder sprach er auf Hein ein, doch der winkte immer nur ab. Sein Glück hatte ihn noch nie verlassen. Mit jeder Fahrt zu einer der Koggen rieselte der Sand aus der Sanduhr heraus und die Zeit die ihnen Gott gegeben hatte lief immer mehr ab. Andreas konnte das ganz deutlich spüren, wie sich die Schlinge um seinen Hals zuzog. Nachts schreckte er manchmal aus den Träumen auf, in denen er für seine Taten bezahlen musste. Er wusste es kommt der Tag der Abrechnung.

Maria versuchte ihn zu beruhigen, andererseits hatte auch sie Angst um ihren Mann und das ungeborene Kind, das in ihr heranwuchs. Wie lange konnte die kleine Familie noch zusammen bleiben? Jeden Abend, wenn die Neun zu einem Schiff hinaus fuhren, packte sie ein paar Sachen für eine Flucht ein, bevor sie das Feuer für die

Rückkehr anzündete. Jeden Abend bevor sie ins Bett ging packte sie die Sachen dann wieder aus. Es war nicht viel was ihr gehörte und doch tat sie es jeden Abend.

Olga hatte ihre Unsicherheit schon lange bemerkt. Sie versuchte Maria zu unterstützen wo immer es ging. Sie setzte sich zu ihr an das Feuer und legte ihren Arm um sie. Gemeinsam warteten sie auf die Rückkehr ihrer Männer. Immer den Blick auf die See gerichtet. "Was würde meine Mutter Swetlana zu unserem Tun sagen? Würde sie das hier als Gut und Richtig einschätzen?" fragte Maria.

Olga überlegte eine Weile bevor sie sagte "Sie hat sich für ihre Mitmenschen geopfert, du tust dasselbe. Du hilfst deinen Freunden hier im Dorf." Maria nickte "Aber ich will mich nicht opfern, ich haben noch so viel vor." dabei legte sie die Hände schützend auf ihren Bauch und auf das Kind das darin heranwuchs. Olga folgte der Bewegung und legte ihre Hände ebenfalls auf Marias Bauch und sagte dann "Du musst dich nicht opfern, ich werde dich beschützen."

19. Kapitel

Ein Hinterhalt

Es war eine ruhige Nacht und doch hatte Maria ein ungutes Gefühl, als sie ihren Mann verabschiedete. Sie umarmte ihn bevor er in das Boot stieg und sie schaute lange dem Boot hinterher. Langsam glitt es in die Dunkelheit. Andreas schaute zurück und es dauerte bis er das Feuer neben dem Steg sah. Maria holte ihre Sachen und legte den Beutel an den Rand des Anlegers. Zusammen mit Olga starrte sie ohne einen Laut auf die See hinaus.

Hatte ihr Gefühl sie getäuscht? Irgendetwas war anders, sie hatte schon so viele Nächte hier gestanden und auf die Rückkehr der Fischer gewartet. Als sie Olga anschaute bemerkte sie auch in deren Gesicht eine Anspannung. Kam die nun von ihr oder hatte Olga dieselben Empfindungen? Nebeneinander warteten sie die ganze Zeit, sie bewegten sich kein Stück von der Position weg, an der sie die Männer verabschiedet hatten. Die See lag ganz ruhig und bis auf das gelegentliche Bellen eines Hundes gab es kein Geräusch.

Leise glitt das Boot durch die Nacht und näherte sich der Kogge die sich dunkel vor dem helleren Hintergrund abzeichnete. Wie immer kletterten Andreas und Hein auf dem Ankertau an Bord, die Besatzung wurde gefesselt, Hein brachte sie unter Deck. Kein Bewaffneter war an Bord gewesen, keiner der Besatzung hatte auch nur in irgendeiner Form Widerstand geleistet. Andreas und Hein schauten sich an, was konnte das wohl bedeuten? Es war viel zu einfach gewesen!

Schnell verluden sie die Beute auf ihr Fischerboot und machten sich auf den Rückweg zu ihrem Dorf. Vom Boot aus zerschnitt Hein das Ankertau der Kogge und wie immer trieb das Schiff in die Dunkelheit der Bucht ab, in die es der Wind schob.

Hein ging an das Ruder und wendete das Boot. Die Besatzung wollte nun schnell nach Hause. Unter Segel fuhr das Fischerboot durch die dunkle Bucht, zurück in den Hafen hinein, das Feuer wies als Leuchtzeichen den Weg. Als das Boot anlegte liefen Maria und Olga hinüber und halfen beim Ausladen der Beute. Hein, Andreas und zwei weitere Fischer reichten die Fässer und Truhen heraus währen Nikolai, Olga, Maria, und die anderen vier Fischer sie in Empfang nahmen.

Alles wurde auf dem Anleger gestellt und sortiert. Die vier Fischer trugen gerade zwei Truhen zur Scheune, als aus der Ferne Hufschlag zu hören war. Maria schaute zum Dorf und konnte im Schein des Mondes eine Gruppe von Reitern erkennen, die offenbar auf den Steg zuhielt. Die Fischer ließen die Truhen fallen und liefen zurück. Auf dem halben Wege wurden sie von den Reitern nieder geritten.

Olga und Nikolai griffen sich jeder ein Schwert und eilten den Reitern entgegen, Andreas zog seine Maria in das Boot. Diese griff noch schnell den Beutel mit den Sachen, der am Rand des Stegs lag. Als Hein und Andreas auf den Anleger springen wollten sahen sie, dass Nikolai getroffen zu Boden sank und Olga mit ein paar Kämpfern, etwa zwanzig bewaffneten, im Kampf auch unterlegen sein würde. Schnell machten sie das Boot zum Auslaufen klar und stießen vom Anleger ab, bevor die Kämpfer das Boot erreichen konnten.

Maria sah ihre beiden Eltern tot am Rande des Stegs liegen und ihr heimatliches Dorf entfernte sich langsam von ihr. Mit Tränen in den Augen wendete sie sich um und schaute in die Dunkelheit, die vor dem Boot lag. Hein steuerte in die offene Bucht hinaus, von wo er vor ein paar Minuten erst gekommen war. Am Bug rief Andreas auf einmal "Da kommt ein Schiff mit Segeln auf uns zu" Hein riss das Ruder herum und segelte in die entgegengesetzte Richtung den Kanal entlang. Sie kamen wieder am Dorf vorbei von der Bucht weg und fuhren zur anderen Seite, wo der Kanal in die offene See mündete.

Maria sah die Kämpfer mit den Fackeln am Strand stehen, die auf das Wasser hinaus schauten. Einige davon saßen wieder auf die Pferde auf und zogen neben dem Boot her, mit fast derselben Geschwindigkeit. Auf dieser Seite konnten sie damit nirgendwo mehr anlanden, blieb nur die Insel auf ihrer linken Seite oder die offene See, wenn sie den Durchgang auf die andere Seite erreichen würden. Vor sich sahen sie die Sandbank die ihnen damals im Sturm das Leben gerettet hatte, doch diesmal lag sie als Sperre direkt vor ihnen.

Blieb nur der schmale Durchgang durch das tiefe Wasser, direkt an der Burg des Fürsten. Wenn sie dort vorbei waren, sollten sie es geschafft haben, aber wohin würde sie ihr Weg danach führen? Maria dachte daran, dass sie nun schon zum zweiten Mal auf der Flucht war, damals als Kind und nun mit ihrem Kind. Ihre Eltern, die nun tot auf dem Anleger lagen, hatten ihr oft von dieser Flucht erzählt. Nun erlebte sie selbst diese Flucht und die Angst vor den Verfolgern, die ihr Olga so oft beschrieben hatte, noch nie hatte sie so eine Angst gehabt.

Am Bug neben Andreas stehend starrte sie in die Dunkelheit vor ihnen und sah ab und zu ein paar Wellen mit weißen Schaumkronen neben dem Boot. Das Wasser war hier nicht allzu tief. Andreas hatte mal gesagt, dass bei ruhigem Wetter man bequem hier durchlaufen könnte. Unter dem Boot waren höchstens zwei Fuß Wasser, für ihr kleines Boot reichte das aus, die Koggen kamen damit gerade so zurecht.

An ihrer Seite sahen sie nun die Sandbank und wenn Maria genau hinsah, so sah sie auch die Reiter an Land die vermutlich gerade jetzt dem Fürsten Bericht erstatteten. In der ganzen Burg wurden Fackeln herumgetragen und sie hörte laute Rufe von dort. Von Land aus konnten sie die Männer des Fürsten nicht aufhalten, das wusste Hein, aber hinter sich vermutete er immer noch die Kogge. War sie ihm gefolgt? Hatte diese überhaupt irgendetwas mit dem Überfall der Reiter zu tun? Oder war es einfach nur ein Zufall gewesen?

Andreas und Hein sahen sich über den Laderaum hinweg an, obwohl es nur ein paar Meter waren konnte keiner den anderen klar erkennen. Andreas hoffte, dass sein Vater eine gute Entscheidung getroffen hatte, er wendete sich wieder seiner Frau zu. Hein schaute in den Himmel, sprach ein kurzes Gebet und dann nahm er Kurs auf die See.

20. Kapitel

Zu Fuß oder zur See?

Maria war die Erste, die das Schiff vor ihnen sah. Ein großer dunkler Schatten, direkt vor ihnen, so lag die Kogge quer in der Fahrrinne. Hein versuchte hinter der Kogge entlang zu fahren und sah im letzten Moment, dass dort über ein kleines Boot ein Seil, direkt über der Wasseroberfläche, als Sperre zum Ufer gespannt war, dass er nicht Unterfahren konnte. Auch vom Bug führte so ein Seil in die Dunkelheit. Er riss wieder das Ruder herum und das Segel schlug gegen den Mast. Nun steuerte er in die andere Richtung. Konnte er an der anderen Seite auf die offene See hinaus? Dort war die Bucht breit genug um an einer Kogge vorbei ins tiefe Wasser zu gelangen.

Langsam setzte die Morgendämmerung ein und die Sonne schob sich hinter ihnen über den Horizont. Die Kogge hinter ihnen war nun deutlich zu sehen und sie setzte Segel. Die beiden Sperrseile waren hinter ihr an kleinen Booten festgemacht die den ganzen Zugang zur offenen See absperrten. Dort hinten war also kein durchkommen. Blieb nur die andere Seite.

Maria konnte auf beiden Seiten das Ufer sehen, links das Festland und rechts die Insel. Unmittelbar vor ihr auf dem Festland war ihr Heimatdorf zu sehen, in dem sich die Fischer gerade für den Fischfang bereit machten, oder schon auf See gefahren waren. Sie sah dort eine Rauchsäule aufsteigen, genau an der Stelle, an der ihr Haus gestanden hatte. Nur noch rauchende Balken ragten dort in den Himmel, wo am Abend zuvor noch die Schänke am Anleger gewesen war.

Auch den Anleger konnte sie von hier aus sehen. Lagen dort noch ihre Eltern? Sie konnte es nicht sagen und hoffte nur, dass sie eine Beerdigung durch die Dorfbewohner erhalten würden, denen sie so viel Gutes getan hatten. Sie betete für die Seelen ihrer Eltern und schämte sich gleichzeitig dafür, dass sie erst jetzt daran dachte und es nicht schon vorhin getan hatte, als sie auf dem Boot vom Steg weggefahren war. Sie schaute zum Himmel und sah eine Wolke, die wie ein Engel geformt war, und sie dachte an Swetlana. Vielleicht beschützte ihre Mutter sie von dort oben aus. Vielleicht hielt sie schützend ihre Hand über sie. Maria betete nun auch zu ihrer Mutter um Hilfe und sie glaubte zu sehen, dass der Wolkenengel nickte. War das eine Bestätigung dafür, dass ihr Wunsch und die Bitte erhört worden war? Sie konnte es nur hoffen.

Nun schaute sie wieder nach vorn. Vor ihnen sahen sie zwei Koggen, die sich nebeneinander Quer stellten. Eine davon war die Kogge die sie in der Nacht überfallen hatten. Es war also eine Falle gewesen. Marias Gefühl hatte sie nicht getäuscht. Sie waren in diese Falle getappt und nun würden sie dafür bezahlen müssen. Wo war der Ausweg? Maria schaute zu Hein nach hinten, über dem gerade die aufgehende Sonne stand. Hatte er eine Idee, wie sie da wieder heil heraus kommen konnten? Oder war alles umsonst und eine Flucht ohne Aussicht auf Erfolg?

Andreas war zu Hein gegangen und gemeinsam berieten sie leise was zu tun war. Keiner der Umstehenden konnte sie hören. Aber gab es denn so viele Möglichkeiten? An das Festland konnten sie nicht, hinter und vor ihnen waren die Koggen. Blieb nur die Insel oder ein Durchbruch zwischen den beiden Koggen vor ihnen. Wenn sie auf die Insel gingen, wie würden sie dann dort wieder herunter kommen? Konnte man zwischen den Koggen hindurch fahren? Der Abstand würde reichen.

Hein steuerte sein Boot auf die Koggen zu, sie waren noch weit entfernt, als von den Koggen aus angefangen wurde mit Pfeilen auf sie zu schießen. Je näher sie kamen, desto näher kamen auch die Pfeile. Als die ersten Pfeile neben Maria im Boot steckten riss Hein wieder das Ruder herum. Nun blieb nur noch die Insel als letzte Rettung. Sie mussten die Flucht zu Fuß fortsetzen, doch wie weit würden sie da kommen?

Mit voller Fahrt hielt Hein auf die Insel zu. Hinter sich hatte er die beiden Koggen, die jetzt ebenfalls Segel setzten und ihm folgten. Von vorn kam die andere Kogge angesegelt. Er suchte eine flache Stelle am Strand, wo er sein Boot nahe genug an das Land bekam, um auszusteigen und die Koggen weit genug von sich fern hielt, so dass sie die Kämpfer nicht direkt hinter ihm an Land setzen konnten.

An der Farbe der Brandung konnte er jetzt, im Lichte der Sonne sehen, wo er Anlanden konnte. Mit geblähtem Segel hielt er auf eine Stelle zu und rief allen im Boot zu "Setzt euch hin und haltet euch fest." Maria und Andreas klammerten sich aneinander im Bug des Bootes und stemmten sich gegen die Bordwand. Jetzt konnten sie nichts mehr sehen, aber sie hörten wie das Boot über den Sand schliff bis es abrupt stoppte und alles nach vorn gerissen wurde.

Als sie wieder aufstanden lag das Boot halb auf dem Strand und Halb im Wasser. Andreas sprang vom Boot und half Maria beim Absteigen. Dann half er den anderen und übernahm ein paar Sachen vom Boot. Hein reichte die Schwerter und Marias Tasche nach unten. Als er sich umdrehte sah er die drei Koggen hinter sich, wie sie gerade die Segel einholten und Anker warfen. Sie würden nicht viel Zeit haben um vom Strand zu verschwinden.

Hein trieb alle zur Eile an und dann sprang er hinter ihnen vom Boot in den Sand. Andreas, Maria, die Fischer und Hein als letzter liefen eine kleine Böschung hinauf, um vom Strand zu verschwinden. Hinter ihnen flogen Pfeile in den Sand, die Koggen waren zum Glück weit genug vom Strand weg. Oben auf der Böschung konnte Hein, als er sich kurz umdrehte, sehen, dass Boote von den Koggen an Land ruderten und die Kämpfer nicht mehr lange auf See sein würden.

Schnell mussten sie verschwinden, sie hatten nicht viel Vorsprung. Wie konnten sie Zeit gewinnen für ihre Flucht. Hein überlegte kurz und sah zu Maria und Andreas. Dann fasste er einen Entschluss und holte alle kurz zusammen, um ihnen seinen Plan zu erzählen. Alle duckten sich hinter die Böschung.

21. Kapitel

Flucht von der Insel

Zu fünft duckten sie sich hinter der Böschung in das Gras. So konnten sie vermeiden, dass sie eventuell von einem Pfeil getroffen werden. Hein begann "Wir müssen zur Nord Östlichen Ecke der Insel. Dort befindet sich ein kleiner Fischerhafen, da finden wir auch sicher ein Boot und von dort aus können sie uns den Weg zur freien See nicht abschneiden."

Alle nickten und Andreas schaute vorsichtig über die Böschung zum Schiff zurück "Wir sollten uns jetzt sofort auf den Weg machen. Unser Vorsprung ist nicht so groß. " sagte er zu ihnen. Gebückt machten sich nun alle auf den Weg. Sie schlichen hinter einer kleinen Hecke entlang, bis die Böschung und der dahinter liegende Strand von ihnen aus nicht mehr zu sehen waren. So schnell sie konnten liefen sie jetzt über eine Wiese, an deren anderem Ende ein paar Häuser einer kleinen Siedlung mit Ställen standen.

An einen Bauernhof sahen sie ein paar Pferde, mit denen sie schneller vorankommen würden. Der Bauer stand an seiner Scheune und sah die kleine Gruppe auf sich zukommen. Er ging ihnen ein Stück entgegen. Der Fürst war auch auf dieser Seite nicht so willkommen und der Bauer wollte sie bei ihrer Flucht gern unterstützen. Andreas öffnete das Gatter, während Hein mit dem Bauern verhandelte. Er übergab ihm ein paar Münzen und erzählte, wo der Bauer seine Pferde am Abend wieder finden sowie abholen könnte.

Sie nahmen sich fünf Pferde, die Andreas am Zügel zur Tür des Gatters führte. Er drückte jedem den Zügel eines Pferdes in die Hand. Dann half er seiner Frau beim Aufsteigen und so saß Maria als erste auf dem Pferd. Er reichte ihr den Beutel nach oben und sie hängte ihn sich um. Als sie sich umsah, sah sie die Verfolger vom Strand zum Haus kommen. Sie trieb alle zur Eile. Schnell ritten sie los. Aus dem Dorf heraus führte eine kleine Gasse, an deren beiden Seiten Bäume standen. So waren sie auch hier vor dem Blick der Verfolger geschützt. Hintereinander ritten sie die Gasse entlang. Vorn ritt Hein, gefolgt von Maria und Andreas. Den Schluss der kleinen Gruppe bildeten die beiden Fischer.

Die Gasse bog in einen breiteren Weg ein, der zu einem größeren Dorf führte. Schon vom weiten konnten sie den Kirchturm erkennen. Über das wellige Inselland ritten sie durch das Dorf und dann weiter. Von der Spitze eines kleinen Hügels schauten die Fünf zurück auf den Weg, den sie gerade gekommen waren. Die Verfolger hatten ebenfalls Pferde bei einem Bauern geholt. Zehn von ihnen ritten mit einer kleinen Verzögerung hinterher, die anderen suchten sicher noch Pferde oder warteten, dass welche vom Festland übergesetzt werden. Gerade verließen die Verfolger das Dorf mit der Kirche und näherten sich dem Fuße des Hügels.

Einer der Fischer drehte um, ritt den Berg ein Stück wieder hinunter, so dass ihn die Verfolger sehen konnten, und bog dann in einen anderen Weg ein, der um den Hügel herum führte. Damit versuchte er die Verfolger aufzuhalten, indem er sie alle, oder zumindest einen Teil, auf sich zog und in eine andere Richtung zu lenken versuchte, doch das ging nur eine kurze Zeit gut. Die Verfolger waren stark überlegen und teilten sich auf, während drei dem Fischer folgten, verfolgten die anderen die vier Verschwörer.

Immer weiter ging es durch das Land, ein kleines Wäldchen hindurch. Als sie sich dem Hafen näherten, der ihr Ziel sein sollte, sahen sie die Kogge vor dem Hafen liegen und Boote brachten gerade Krieger an Land. Was sollten sie den nun tun. Hein hielt an, um sich mit den anderen zu beraten. An einer kleinen Baumgruppe hoffte er unbemerkt und geschützt zu bleiben. Aber als sie dort stoppten traf den zweiten der Fischer ein Pfeil in den Rücken. Ohne ein Wort kippte er vom Pferd und blieb tot auf dem Weg liegen.

Hier konnten sie nicht warten, aber wohin sollten sie fliehen? Ein weiterer Pfeil zischte nur knapp an Andreas vorbei und blieb in einem Baum stecken. Maria trieb sie wieder zur Eile an."Wohin sollen wir denn jetzt?" fragte sie Hein, der zeigte nur nach vorn und stürmte mit seinem Pferd voran. Sie folgten dem Weg weiter durch das Land der Ranen und es ging schon langsam auf den Abend zu. Seit dem Morgen waren sie schon auf den Pferden unterwegs. Die Pferde waren erschöpft und wurden immer langsamer. Da die Verfolger ebenfalls schon so lange unterwegs und hinter ihnen her waren, konnten diese die Erschöpfung nicht für sich nutzen. Sie waren nun wieder zehn Reiter, was dafür sprach, das der andere Fischer ebenfalls tot sein musste.

Offenes Feld wechselte sich mit kleinen Dörfern sowie lichten Waldstücken ab. Immer wieder waren auch kleine Seen direkt an dem Weg und es gab nur diese eine Richtung, die sie reiten konnten. Sie schauten nur nach vorn, auch die Verfolger konnten nur diesen einen Weg nehmen. Ein sanfter Hügel lag dort vor ihnen und es ging immer weiter Bergauf. Sie folgten einem Hohlweg und banden dann die Pferde an einen Baum, als es für sie zu steil wurde. Zu Fuß hetzten sie immer weiter nach oben. Ihr Vorsprung wurde immer größer, da die Kämpfer hinter ihnen nun mit ihrer Ausrüstung ebenfalls liefen, aber nicht so schnell vorwärts kamen. So lange alle in Bewegung waren, blieben sie von den Pfeilen verschont.

An der Spitze des Berges stoppte Maria, mit einem Schrei schaute sie in einen Abgrund. Vor ihr fiel der Felsen dreißig Meter in die Tiefe ab. Nach links führte ein Weg an der Kante entlang und die Gruppe hetzte weiter. Auf einmal ging es auch dort einfach nicht mehr weiter. Die verfallenen Reste einer Hütte standen vor ihnen und dahinter war der Weg abgebrochen. Nach vorn konnten sie nicht und von hinten näherten sich die Kämpfer. Schnaufend liefen die hinter ihnen her.

Hein nahm Andreas bei der Schulter und sagte "Ich habe dort unten ein Boot versteckt. Mein altes Fischerboot liegt dort in einer Bucht. Wenn ihr das erreicht, seid ihr sicher. Ich werde die Verfolger aufhalten. Ich wünsche euch viel Glück." dabei nahm er Andreas das Schwert ab, drehte sich um und lief mit zwei Schwertern den Verfolgern entgegen. Maria und Andreas schauten ihm nach, Andreas wischte sich eine Träne weg, danach wendete er sich seiner Frau zu.

22. Kapitel

Am Ende der Kräfte

Andreas und Maria standen an der Kante des weißen Felsens und schauten nach unten. Langsam brach die Dämmerung herein. Andreas schaute sich um. "Wie sollen wir da hinunter gelangen?" dachte er. Er suchte nach einer Möglichkeit die dreißig Meter unbeschadet nach unten zu kommen. War hier ein Seil zu finden? Aber auf dem Haufen neben der verfallenen Hütte fand er keins, nur Holz und ein altes, löchriges Segel. Sie würden nur ein paar Minuten haben, die ihnen Hein gerade verschaffte. Hinunter springen war zu riskant, das Wasser war bestimmt nur hüfttief und sie würden sich alle Knochen brechen bei dem Versuch.

Das Geräusch der Kämpfer hinter ihnen wurde immer lauter. Andreas setzte alles auf eine Karte. Er nahm das Segel und gab Maria die eine Seite in die Hand, er selbst nahm die andere Seite. Hand in Hand standen sie jetzt an der Kante, das Segel hinter sich. Was im Wasser funktioniert, das musste nun auch in der Luft funktionieren. Eine andere Wahl hatte er sowieso nicht. Das Geräusch des Kampfgetümmels verstummte. Als sie die Kämpfer hinter sich heran laufen hörten sprangen sie zusammen in die Tiefe. So hatten sie noch eine kleine Chance zur Flucht.

Das Segel blähte sich über ihnen und bremste ihren Sturz. Sie fielen in das flache Wasser unter dem Felsen, das in der Brandung über den Strand schwappte. Wo war nun dieses Boot? Hein hatte es bestimmt gut versteckt. Links sah Andreas im Dämmerlicht eine kleine Bucht. Nur dort konnte das Boot sein. Ein kleines Gestrüpp war dort zu sehen und als Andreas es zur Seite zog, sah er das alte Fischerboot, auf dem sie immer zum Fischfang gefahren waren. Gemeinsam schoben sie das Boot über den Strand in die See. Als es schwamm hob er seine Maria hinein. Nun war es vollkommen dunkel, nicht einmal der Mond schickte sein blasses Licht zu den Beiden hinunter.

Andreas machte das Boot von der Leine los, die es immer noch zur Sicherheit mit dem Gebüsch verbunden hatte, und schob es leise weiter in die See hinein, dann zog ihn Maria aus dem Wasser ins Boot. Mit ein paar Ruderschlägen schob Andreas das Boot immer weiter durch die Brandung. Als sie ein kleines Stück vom Ufer weg waren setzte er das Segel. Der Wind schob das Boot von der Insel weg auf die offene See hinaus. Er band das Ruder fest und ging zu Maria nach vorn. Nach der ganzen Flucht hatte er erst jetzt Zeit sie zu trösten und zu umarmen. Die Anspannung des Tages fiel von Maria ab und sie weinte.

Andreas schaute zurück zur Insel, aber es war in der Dunkelheit nichts mehr zu sehen. Die weißen Felsen lagen schon zu weit hinter ihnen und im Gedanken dankte er seinen Vater, dass er ihnen die Flucht ermöglicht hatte. Sie legten sich in das Boot und überließen nun Gott und dem Wind ihre Rettung. Nicht lange und sie waren beide vor Erschöpfung eingeschlafen. Am nächsten Morgen sah Andreas rund um das Boot nur Wasser. Kein Ufer oder Land war auszumachen, das Boot steuerte in Richtung der aufgehenden Sonne. Hier draußen würde sie niemand finden. Die Koggen blieben immer in der Sichtweite des Landes, aber hier würde sie auch niemand retten können, falls sie in einen Sturm gerieten.

Jetzt im Lichte des neuen Tages schauten sich die beiden im Boot um, was Hein ihnen im Boot gelassen hatte. Sie suchten im Heck des Bootes, da wo Hein immer die wertvollen Dinge im Boot gehabt hatte. Andreas klappte den kleinen Laderaum auf und sie schauten hinein. Ein Beutel mit Münzen war das Erste was sie fanden, aber das brauchten sie gerade am wenigsten. Eine paar Flaschen mit Wein lagen in einer Kiste. Zu essen war aber nichts an Bord. Ein Messer und eine Angel war das Letzte was in der Kiste lag. Ohne Köder war die Angel aber recht nutzlos. Wie sollten sie an einen Köder kommen? Sie versuchten es mit einem Stück Stoff von Marias Kleid, aber so oft es auch Andreas versuchte, kein Fisch fand das graue Stück Stoff so verlocken, das er anbiss.

Da sie auch weiterhin kein Ufer sahen, beschlossen sie dem Wind zu vertrauen und einfach immer geradeaus zu segeln. Am Morgen richtete Andreas das Boot zur aufgehenden Sonne aus. Sie hatten nur den Wein zu trinken und auch weiterhin nichts zu essen. Sie legten sich in das Boot und vertrauten weiter auf Gott, was blieb ihnen auch anderes übrig. Im Schatten des Segels lagen sie, sich gegenseitig umarmend, den ganzen Tag. Das Fischerboot schaukelte sanft auf der See, zu ihrem Glück gab es kein Sturm, nur ein sanfter Wind blähte weiter das Segel, er schob das Boot immer weiter nach Osten. Tag und Nacht wechselten sich ab. Sie wussten nicht wie viele Tage sie unterwegs gewesen waren und waren beide vom Hunger vollkommen erschöpft.

Als Andreas eines Morgens nach oben schaute, sah er einen Raben auf dem Mast sitzen. Er rieb sich die Augen und schaute noch einmal hin. War es eine Halluzination durch den Hunger? Nein, der Rabe war immer noch da. Das Ufer musste ganz in der Nähe sein wenn sich so ein Landtier bis hierher verflog. Andreas richtete sich auf und sah vor sich die dünne schwarze Linie, die die Rettung bedeutete. Er weckte Maria und zeigte ihr das Land, das immer näher kam.

So erschöpft wie er auch war nahm er dennoch die Ruder, um schneller das rettende Ufer zu erreichen. Mit kräftigen Schlägen schob er das Boot vorwärts und der Wind half ihm dabei. Schon bald konnten sie die Brandung hören und wenig später war der dünne weiße Strich der schäumenden, brechenden Wellen am Strand zu sehen. Maria stand am Bug des Schiffes und sah nun schon einzelne Bäume aus der Kante des Waldes hervorstechen. Nur noch wenige Minuten und sie waren gerettet. Gab es aber dort auch etwas zu essen für sie?

Das Schaukeln verriet Andreas, dass er die Brandung erreicht hatte, er zog die Ruder ein und stellte sich zu Maria an den Bug. Nun sah auch er die Bäume auf sich zukommen, beide hielten sich fest um nicht von Bord geschleudert zu werden, dann wurde das Schaukeln etwas weniger.

23. Kapitel

An einem fernen Ufer

Mit einem knirschenden Geräusch setzte das Boot auf dem Strand auf. In einiger Entfernung war eine Flussmündung zu sehen. Dort waren bestimmt auch Menschen. An einem Strauch fanden sie ein paar Beeren, die sie gierig verschlangen. Ein paar Wurzeln konnten sie auch ausgraben. So frisch gestärkt und durch das Flusswasser erfrischt gingen sie weiter.

Nach einem Knick im Fluss trafen sie auf ein Dorf, in dem sie um etwas zu essen baten. Beim Essen erfragten sie wo sie hier waren, sie konnten sich nur mit Händen und Füßen verständigen. Sie erfuhren, dass die Hanse auch hier tätig war und einen Handelsposten in der Nähe unterhielt. Dort tauschten die Kaufleute Fisch, den die Koggen mitbrachten, gegen Felle, von den Tieren, die die Menschen hier in den Wäldern jagten.

Maria und Andreas beschlossen in der Gegend zu bleiben, aber der Hanse erst mal aus dem Weg zu gehen, bis über die Geschichte Gras gewachsen wäre. Als erstes mussten sie das Boot verschwinden lassen. Andreas zog es in das Unterholz des Wäldchens in der Nähe des Ufers, dann deckte er ein paar Zweige darüber. Wohin sollten sie sich nun wenden? Sie hatten die Münzen, die Hein im Boot versteckt hatte und Maria hatte bei ihrer Flucht auch ein paar Münzen in ihre Tasche gesteckt.

Sie wendeten sich dem Landesinneren zu und gingen den Fluss entlang, bis sie auf einer Lichtung lagerten, um die Nacht zu verbringen. Andreas machte ein Feuer und Maria ruhte sich, an einen Baum gelehnt, aus. In der Nacht überlegte Andreas, was er hier, in diesem fremden Land, machen sollte. Fische gab es hier nicht so viele. Sollte er jagen und Felle erbeuten? Er war ganz geschickt mit Pfeil und Bogen. Bis das Kind geboren würde, konnte er jagen, aber es ging schon auf den Winter zu. Sie brauchten eine Unterkunft und Verpflegung.

Als am nächsten Morgen die Sonne wieder über den Wipfeln der Bäume auftauchte zogen die beiden wieder in das Dorf zurück, in dem sie am Tag zuvor so gastfreundlich bewirten worden waren. Sie versuchten eine Unterkunft für den Winter zu finden und sie kamen bei einer Familie unter. Maria half im Haus und Andreas ging mit den Männern auf die Jagd. Er brauchte eine Weile, bis er so gut wurde wie die anderen Jäger.

Über den Winter fanden sie viele Freunde in dem Dorf. Sie lernten die Sprache, die ähnlich der Sprache war, die die Slawen auf der Insel damals sprachen. Im Frühjahr kam die Kogge und die Jäger, unter ihnen auch Andreas, brachten die Pelze zum Handelsposten. Der Kaufmann bemerkte, dass Andreas offenbar nicht hier hin gehörte, doch Andreas erzählte nur etwas vom Schiffbruch, so wurde Andreas zum Übersetzer für den Kaufmann und er sorgte dafür, dass die Jäger einen guten Preis für ihre Jagdbeute erhielten.

Im Frühjahr brachte Maria ein kleines Mädchen zur Welt und sie nannten es Swetlana. Die Jäger waren begeistert über den Namen, der ja ein slawischer war. Ab und zu erzählte Maria die Geschichte ihrer Mutter, ihre eigene verschwieg sie aber lieber. Langsam fügten sie sich in die neue Gemeinschaft ein und gewöhnten sich an die neuen Freunde. Die Wälder waren hier fast undurchdringbar und man konnte tagelang durch den Wald laufen ohne einen Menschen oder den Waldrand zu sehen. Das Land nannte sich Rus und es war wirklich riesengroß. Hier konnte jemand für immer verschwinden oder sich verbergen.

Mehr als einmal dachten die drei daran in die Wälder zu gehen und sich vor der Hanse zu verstecken, doch Andreas sagte dann immer „Wir können immer noch verschwinden wenn es nötig werden sollte." Sie konnten sich auf die Hilfe ihrer neuen Freunde verlassen. Nach dem Sprung vom Felsen und dem spurlosen Verschwinden hielt sie die Hanse sicher für Tod. Soweit entfernt würde sie sicher auch niemand suchen. Einzig Hein hätte sie verraten können, aber der war bestimmt nicht lebendig gefangen worden. Andreas kannte die Entschlossenheit seines Vaters.

Nachts im Traum sah Andreas immer wieder, wie sich Hein auf die Verfolger stürzte und mit den beiden Schwertern um sich Hieb. Einer gegen zehn. Vielleicht war er ja sogar entkommen? Niemand konnte es ihm sagen und zu fragen wagte er nicht. Bei einem Spaziergang mit Maria am Strand stolperte er über einen großen Stein. Als er ihn aufhob war dieser ganz leicht. Solche Steine, nur viel kleiner, hatte er früher auch in seinem Dorf am Strand gefunden. Meist nach einem Sturm aus Osten. Kamen diese Steine etwa von hier? Er zeigte ihn einem der Jäger und dieser Bestätigte seine Vermutung. Die Jäger machten daraus Schmuck für ihre Frauen.

Da Andreas wusste, wie Wertvoll der Stein für die Hanse war, er hatte ihn oft in den Kisten der Koggen gesehen, sorgfältig verpackt und geschützt, gruben sie eine Weile an der Stelle am Strand. Nach ein paar Stunden hatten sie mehr als zwanzig der faustgroßen Steine gefunden. Als die Kogge das nächste Mal kam bot er dem Kaufmann zwei Säcke mit den Steinen an und erhielt dafür mehr als für seine gejagten Pelze. Als die Jäger dies sahen, begannen auch sie die brennenden Steine aus dem Sand zu graben und einzutauschen. So mussten sie nicht mehr so oft auf die Jagd wie früher.

Andreas hatte aber zur Sicherheit erkundet, welchen Weg er nehmen musste, falls er und seine kleine Familie von der Küste verschwinden mussten. Das Hinterland war fast Menschenleer und die Hanse würde ihn da niemals finden können. Durch die Jagd kannte er sich in der weiteren Umgebung sehr gut aus, ein kleiner Schlitten stand immer hinter dem Haus. Mit diesem konnte er innerhalb kürzester Zeit aus dem Dorf verschwinden und im Wald untertauchen. Niemand, nicht einmal die Jäger, würde ihn und seine Familie dann wieder finden können.

Das verräterische Boot hatte er schon im ersten Winter zu Feuerholz verarbeitet und in der Hütte nach und nach zum Wärmen verwendet. So wie das Boot langsam verschwand, so verschwand auch die Angst ganz langsam. Ein kleiner Rest der Angst blieb aber und mahnte ihn, sowie Maria, immer zur Vorsicht. Das Messer, das ihm Hein ins Boot gelegt hatte, hatten sie in der Hütte an einen gut sichtbaren Platz gehangen. Immer beim betreten und Verlassen der Hütte fiel ihr Blick darauf und erinnerte sie immer an die Flucht vor der Hanse.

24. Kapitel

Ein neuer Gasthof

Die Flucht von Andreas und Maria war jetzt schon 18 Jahre her, zusammen mit ihren vier Töchtern führten die beiden einen kleinen Gasthof am Anleger des Handelspostens der Hanse. Andreas hatte durch seine Geschäfte mit den Pelzen und den Bernsteinen einen kleinen Wohlstand erworben. Diesen hatte er vor fünf Jahren in diesen Gasthof investiert, der zum Anlaufpunkt der Hansekaufleute und der Menschen der Umgebung geworden war. Der Gasthof stand unweit der Stelle, an der sie damals hier gelandet waren.

Auch einen kleinen Laden für die Waren der Hanse hatten sie in einem Anbau eingerichtet. So war Andreas jetzt Gastwirt und Händler geworden. Mit Maria setzte er sich dafür ein, dass immer faire Geschäfte zwischen den Jägern aus dem Dorf und der Hanse geschlossen wurden. Auch setzte er sich, wann immer es nötig war, als Schlichter bei Streitigkeiten ein, da er ja beide Sprachen beherrschte.

Eines Abends setzten sie sich, so wie immer wenn sie im Gasthof Zeit hatten, auf die Bank vor der Schänke und schauten auf die im Meer versinkende Sonne. Dabei dachten sie an alle die, die sie dort zurückgelassen hatten. In der nächsten Woche würde ihre Tochter Swetlana den Sohn des Stammesführers des Jägerstammes heiraten. Deswegen nahmen sie Swetlana in ihre Mitte und erzählten ihr nach dem Sonnenuntergang von den Freunden dort hinter dem Horizont, von ihrer Seeräuberei, von Nikolai, Olga, Hein und ihrer Flucht. Bisher hatten sie immer darüber geschwiegen.

Swetlana stimmte, zur Erleichterung der Eltern, in die Verschwiegenheit ein und sie hatte auch Verständnis für die Hilfe mit den Schwachen. Auch sie wolle den anderen helfen versprach sie. Maria und Swetlana umarmten sich. Als Maria danach alleine auf der Bank saß, dachte sie über ihr bisheriges Leben nach. Von ihren acht Kindern lebten noch die vier Töchter Swetlana, Olga, Gisela und Johanna. Diese waren jetzt 17, 15, zwölf und zehn Jahre alt. Drei Söhne waren bei der Geburt gestorben und eine Tochter im Alter von nur einem Jahr. Wenn sie zur Seite schaute sah sie auf die kleinen Kreuze, die sie zum Gedenken neben der Schänke aufgestellt hatten.

Einer der Jäger trat an die Bank und Swetlana ging mit ihm in den Laden, um ihm die gewünschten Waren zu verkaufen. Hatte sie für die anstehende Hochzeit alles vorbereitet? Aus dem Augenwinkel sah sie einen Mann am Laden vorbei gehen, der ihr irgendwie bekannt vorkam. Als sie vor den Laden trat, sah sie einen Hansekaufmann neben der Schänke stehen und erschrak. Es war einer der Kaufleute, die damals auch in der Schänke ihres Vaters zu Gast gewesen waren. Würde er sie erkennen? Es war zwar schon lange her, aber wer konnte das schon wissen.

Sie trat an ihn heran und es entwickelte sich ein kleines, vorsichtiges Gespräch. Maria war erleichtert, dass er sie nicht erkannt hatte. Sie fragte ihn über alles Mögliche aus und zum Schluss lenkte sie das Gespräch, wie beiläufig, auf die Seeräuber. Der Kaufmann stutzte kurz und sagte dann "Vor vielen Jahren gab es mal welche, aber wir haben sie alle gefangen und getötet. Nicht einer ist uns entkommen." Maria wollte die Erleichterung nicht zeigen, beendete mit einem Vorwand das Gespräch und verabschiedete sich schnell von ihm.

Am Abend erzählte sie ihrem Mann von dem Gespräch und beide waren über die Einschätzung der Hanse sehr erleichtert. Vermutlich hatten die Kämpfer damals nichts von ihrer Flucht erzählt oder sie hatten gedacht, dass sie bei Sturz gestorben oder anschließend ertrunken sowie fort gespült worden waren. Mit dieser Einschätzung lebten sie nun etwas leichter.

Gemeinsam gingen sie Hand in Hand über den Strand und gedachten noch einmal ihren Familien die sich für sie geopfert hatten.

Von Uwe Goeritz ebenfalls beim Verlag BoD erschienen (BoD – Books on Demand, Norderstedt, nähere Informationen finden Sie unter www.BoD.de)

"Schicha und der Clan des Bären"
die ISBN lautet 978-3-7386-0262-3

"Diese Geschichte spielt in der Steinzeit, als unsere Vorfahren dazu übergingen sesshaft an einem Platz zu leben. Es war der Beginn der Siedlungen, von Viehhaltung und gezieltem Anbau von Pflanzen. Die Schwierigkeiten der ersten Siedler und die Gefahren in ihrer Umwelt werden deutlich gemacht."

108 Seiten für 7,90 Euro

"In den finsteren Wäldern Sachsens"
die ISBN lautet 978-3-7357-7982-3

"Diese Geschichte spielt von 764 bis 802 in den Völkern der Sachsen und Franken. Matthias, ein Franke, und Thorsten, ein Sachse, haben beide ihre Familien in den Sachsenkriegen verloren. Nach kämpfen gegeneinander werden sie Freunde und müssen sich den täglichen Anforderungen des Lebens stellen. Im Kontext des Krieges von Karl dem Großen gegen die Sachsen muss sich ihre Freundschaft bewähren wenn Frieden zwischen den Völkern herrschen soll."

108 Seiten für 7,90 Euro

"Der Gefolgsmann des Königs"
die ISBN lautet: 978-3-7357-2281-2

"Die Geschichte spielt um das Jahr 950 im Volke der Sachsen in der Nähe des heutigen Magdeburg. Berthold ist als Oberhaupt nach dem Tod seines Vaters für die Geschicke des Dorfes verantwortlich. Zusammen mit seiner Frau Johanna, seinen Brüdern, seiner Heilkundigen Schwester Edith und den anderen Bewohnern im Dorf bewältigt er die täglichen Herausforderungen des Lebens in einer Zeit in der das Christentum und die Einigkeit des deutschen Volkes noch ganz am Anfang stehen. Als König Otto zum Kampf gegen die Ungarn ruft, werden Berthold und die Seinen auf eine harte Probe gestellt."

116 Seiten für 7,90 Euro

„Im Zeichen des Löwen"
die ISBN lautet: 978-3-7347-5911-6

"Die Geschichte spielt von 1147 bis 1163 im Volke der Sachsen in einem kleinen Dorf. Wolfgang und Heinrich kennen sich seit Kindertagen doch nun ist einer der Herzog und der andere ein Bauer. Kann ihre Freundschaft diese Kluft überbrücken? Wolfgang erwirbt sich in den vielen Kämpfen das Vertrauen seines Herzogs und darf das Banner mit dem Löwen im Kampf führen, doch der Kampf gegen das Volk der Slawen stellt diese Freundschaft auf immer neue Bewährungsproben. Kann Wolfgang, als halber Slawe, den Kampf gegen das Brudervolk mit seinem Gewissen vereinbaren?"

116 Seiten für 7,90 Euro

„Im Schein der Hexenfeuer"
die ISBN lautet: 978-3-7347-7925-1

"Diese Geschichte handelt in den Jahren 1630 bis 1650 in einer kleinen Stadt in Sachsen. Johanna hat in den Wirren des dreißigjährigen Krieges schon zweimal ihre Familie verloren. Als Frau eines Kaufmannes gerät sie in einen Hexenprozess, den sie nur mit viel Glück und der Hilfe ihres Mannes überlebt. Nach diesem Prozess arbeitet sie weiter mit Kräutern und versucht den Menschen zu helfen, so gut sie es kann. Im alltäglichen Leben werden ihre Fähigkeiten immer wieder gefordert und sie muss jeden Tag beweisen, dass sie eine starke Frau ist."

108 Seiten für 7,90 Euro

Aktuelle Informationen und Neuerscheinungen finden sie immer im Internet unter **www.Goeritz-Netz.de**